U0497555

读者

美丽中国
Beautiful China

每一片土地的希望

本书编辑组 编

甘肃科学技术出版社

图书在版编目（CIP）数据

每一片土地的希望 /《每一片土地的希望》编辑组编． -- 兰州：甘肃科学技术出版社，2021.2
（"美丽中国"丛书）
ISBN 978-7-5424-2799-1

Ⅰ. ①每… Ⅱ. ①每… Ⅲ. ①纪实文学－作品集－中国－当代 Ⅳ. ① I25

中国版本图书馆 CIP 数据核字(2021)第 035003 号

每一片土地的希望

本书编辑组　编

项目团队　星图说
项目策划　宋学娟
项目负责　杨丽丽
责任编辑　杨丽丽　史文娟
封面设计　杨　楠

出　版　甘肃科学技术出版社
社　址　兰州市读者大道 568 号　　730030
网　址　www.gskejipress.com
电　话　0931-8125103（编辑部）　0931-8773237（发行部）
京东官方旗舰店　https://mall.jd.com/index-655807.html

发　行　甘肃科学技术出版社　　印　刷　三河市嵩川印刷有限公司
开　本　787 毫米 ×1092 毫米　1/16　印　张　13　插　页　2　字　数　180 千
版　次　2021 年 8 月第 1 版
印　次　2021 年 8 月第 1 次印刷
印　数　1~5 100 册
书　号　ISBN 978-7-5424-2799-1　　定　价　48.00 元

图书若有破损、缺页可随时与本社联系：0931-8773237
未经同意，不得以任何形式复制转载

道法自然　天长地久
——写在"美丽中国"丛书出版之际

徐兆寿

放在我面前的六本书稿，都是关于生态文明建设方面的文章合集，都在《读者》及其他刊物上发表过，有过广泛的读者群体，现在把它们分类集合起来，重新以生态文明建设的主题呈现给读者，这对当下来讲，算是一个大功德。甘肃科学技术出版社总编辑宋学娟女士是我学妹，是我认识的好编辑，也是这套书的策划者。她嘱我来写这篇序，我在委婉拒绝而又未能拒绝之后也便答应了。但是，当我真正要写这篇文章时，感到好为难。一则没有时间去看完这些文章，不能简单地说好；二则看了一部分文章后，反而对个别文章的观点和倾向有些不赞成，我就明白这是百年来我们数代人走过的曲折的心路历程，真的是摸索着走的，所以有些是要赞赏的，有些是要反思的。

细想起来，我们这一代作家和学者，有一个共同的特点，大多数都是从土里生在土里长大的，后来到城市读大学、工作、写作、研究，因为经历了1980年代的知识爆炸，西方的文化思想相对接触得较多，写作、研究不免有一点西化。对于我来讲，大学四年，除了两学期每周四节课的外国文学外，其他课堂上学的都是中国文学，但手里捧的全都是西方文学，去图书馆借来的都是西方文学名著，四处游走时背包里总是放一本普希金或聂鲁达或尼采的诗集，当然，从古希腊到后现代的西方哲学著作几乎都生吞活剥地读完了，以为自己是一个世界人，"中国"二字有一段时间似乎觉得有些小。

可是，等到四十岁以后，生命自身开始往土里退，总是发现母亲已经苍老，大地也一片荒芜，故乡已无人守护，便情不自禁地往回退，退到故乡写作，退到中国，退到古代。从故乡出发而研究世界，以故乡为原点构建一个文化世界，以故乡为方法重新理解中国和世界。回忆是无穷无尽的。原来觉得中国很小，现在觉得故乡都太大，一生也未必能理解。原来只关心天空不关心大地，现在觉得大地才是母亲，天地人合一才是完美世界。

于是，我们这代人逐渐地从有些盲目的世界撤回中国乃至故乡，然后再从故乡出发，重建中国和世界。一走一回，一生也就这样匆匆结束了。当然，也并非整整一代人都是如此，有一些人始终未走出去，还有一些人走出去就再没回来过，一直在世界上流浪。那些光鲜的人生背后，是他们迷茫的叹息。这也许是整个人类共同的故事。参与世界历史运动，漫游世界并向世界学习，是奥德修斯的英雄故事，但他经历苦难回归故乡、重建国家才是他真正的英雄历程。

我从2004年开始研究中国传统文化，从2008年研究西方文化，十多年来，每给学生讲一个问题，我都会从中西两方面对比去讲，慢慢地我发现中国文化确与西方文化在世界观、方法论上有着很大的不同。理解了不同，也就往往不会拿一把尺子来说事情了，就会对比来看问题，这样对中国文化的信心也就慢慢建立起来了。西方文化的伦理来自两个方面，一个是宗教，一切都有上帝创造，是一神教和一元论思维；另一个是古希腊文化，是科学和理性，或者人们把它叫科学和哲学。两个方面在罗马时代慢慢走到了一起，但在近代又产生了冲突。总体来讲，西方精神一直处于冲突之中。但中国文化不一样，她长期保持稳定。稳定的原因主要在于中国人很早就建立了一种理性精神，这就是朴素的自然观。这种自然观在宏观理论层面是由上古天文、地理学知识建立起来的，即天地人三才思想、阴阳五行、天干地支等，在微观层面也同样把这些宏观理论进行实践。这在最初没有人去怀疑它，但到后来就有越来越多的人反对，到近现代时则被定性为迷信。因为最初的天文地理学知识被搁置起来了，科学和理性精神被放弃了。所以，现在我们必须重新返回上古时代，重建中国人道法自然的科学观，而这样的重建也需要今天的科学和各种人文知识的参与验证。

当我明白这些时，已经到知天命的时候了。当然，它还不晚。孔子研究和写作《周易》《春秋》时已经到五十六岁以后了。我觉得我还有时间去跟着古代的圣人们重新去观测太空，重新去丈量大地、观察万物，还可以用今天的天文学、地理学和各种知识去验证它。这是一种幸福的感受。

现在再来说说即将出版的这六部著作，"美丽中国"是中国共产党第十八次全国代表大会提出的概念，强调把生态文明建设放在突出地位，树立尊重自然、顺应自然、保护自然的生态文明理念，努力建设美丽中国，实现中华民族永续发展。这是本丛书策划的初衷，也是我近年来关注的课题。丛书中所选文章大多数都是我们这几代作家们写的，所以便打着百年来不同代际作家的精神印痕，也便能知道哪些是珍珠，哪些是石子。其中印象最深的是《舌尖上的春天》的开篇《落花生》，以前在课堂上也学过一篇《落花生》，老师讲得入木三分，但那时我没吃过花生，无法理解南方人的情致。那时我们吃的零食很少，最多能吃到葵花籽、大豆、豌豆、炒麦粒，当然还有黑瓜籽、葫芦籽等。花生也在城里见过，但没钱买，没吃过。第一次吃花生大概是到大学时候了吧，才又想起那篇《落花生》来。我没见过花生的花朵，也可能正如南方人没见过我们这边的洋芋花、马莲花、苜蓿花一样。那真是令人终生难忘。读此文，本想要找到一些道法自然的境界来，可读到后半段时，看到的只是人类如何将它作为美餐的各种法子。这才是舌尖上的落花生。花生来到世上，最高兴的当然也莫过于生长顺利，然后盼望能给世界贡献点什么，只是它未必能感受到快乐。快乐是人类的。由此我便想到也许我们百年来读到的很多关于自然的文章，有可能只是能显示出我们人类的贪婪来。这自然是人性了，便为我过去的人生感到可惜，因为我也曾写过这样的文章。后来又突然顿悟，这可不就是五行相生相克的真理吗？使它变成另一种东西，然后再生出新的生命来，如此，大自然方能生生不息。如果它不死，不再转化为别的生命的养料，大自然又如何重生呢？如此一波三折，使我又一次顿悟古老的道法自然的真理来。于是，这部书从这个角度来讲，便也有些意思了。

　　第二个印象便是扶贫。人类在早期处于贫困阶段，所以便与自然之间形成了张力。当自然强大时，万物皆灵，人类很渺小，于是人类就有了多神教，再后来有了一神教。当人类稍稍强大时，便对自然有了理解，所以就与自然和谐相处，这就是道法自然、天人合一等观念产生的基础。但是，人类希望继续强大，终于到了资本主义时代，正如马克思所陈述的那样，在很短的时间内产生了比过去人类生产的财富之和还要多得多的财富，它的腐朽和堕落也便显示了出来。它一方面产生了不平等，很多财富垄断在极少数人的手里，导致绝大多数人处于被奴役的处境，另一方面它以破坏自然为代价，将自然踩在脚下。

所以我总在想，我们老是说我们是贫困的，可我们比古人来讲已经有太多的财富，那么，我们今天的贫困概念是以什么为尺度来判断的，显然，当我们把我们国家放在发展中国家时，就是以西方为标准，在这里，就产生了悖论，即到底什么才是真正的贫困？如果我们的财力、物力、国力超过西方发达国家时，我们就不贫困了吗？我们为此将会付出怎样的代价？我们与自然的关系又将如何？这里面的很多文章多是讲物质的贫困，也有讲精神的贫困，但鲜有从中国古老哲学的角度去反思的。

第三个主题是山川治理。这会使人立刻想到电影《阿凡达》。这是一部反思西方殖民文化和资本主义文化的电影，它强调人与自然的和谐，强调人要回到大自然去，回到人的本位上去。整个西方社会的生态反思行动是从20世纪初开始的，在七八十年代形成一个高潮。中国要晚得多，一直到了21世纪初才开始，但因为生态理念与中国传统文化的价值一致，所以中国人领悟得快。习近平总书记提出"绿水青山就是金山银山"，这是从国家层面提出的生态文明治理理念，是很快被人们记住的金句和行动纲领。很多地方迅速行动起来，使生态得以恢复。但是，就西部来讲并不这么简单，还需要艰苦治理才行。这些著作里面的一些文章反映的就是这个主题，它有力地回应了当下中国乃至世界的时代命题。

但遗憾的是这些文章大多数都太实了，少了一些哲思，尤其是少了对中国传统文化生态观的深刻思考。如果能再多些这样的文章，则这套书就非常好了。当然，作为出版者，紧扣时代主题，策划出版这样一套宣传和阐释"美丽中国"理念的通俗普及读物，已属不易，理当为之呼与歌！

2021 年春节于兰州

徐兆寿，著名文化学者，教授，博士生导师。现任西北师范大学传媒学院院长，甘肃省电影家协会主席，甘肃省当代文学研究会会长，全国当代文学研究会常务理事，全国文艺评论家协会理事。中国作家协会会员，甘肃省首批荣誉作家。《当代文艺评论》主编。教育部新世纪人才，"四个一批人才"。国家社科基金重大项目首席专家，第十届茅盾文学奖评委。1988 年开始在各种杂志上发表诗歌、小说、散文、评论等作品，共计 500 多万字。

目 录

001　告别贫困　从这里出发
008　红色小山村的绿色致富路
013　光伏板下藏着羊？
017　荒山披绿成脱贫"靠山"
021　布楞沟之春
024　蝶舞萤飞间　我家脱贫了
026　群山难阻脱贫路
030　新吕梁英雄传
037　"杨秸秆"的扶贫故事
042　高天厚土　流金四合
047　农村分级诊疗的"花都样本"

052 山中自有"黄金屋"

054 孩子,是每一片土地的希望

057 一棵风中的树

062 一个第一书记妻子的"驻村日志"

068 且持梦笔书奇景

072 在雪域高原打通生命通道

077 淳化质变

083 中原沃土凤出彩

089 "醋 头"

092 人生何处无风景

096 希望在"那遥远的地方"

103 屏边:着力打造"生态+"精准扶贫实践新样板

108 花红菜绿好光阴

110 脚趾敲出的美丽人生

116 "孤岛"突围记

121 当代"愚公"敢向绝壁要"天路"

125 南赵村种菊记

128 贫困县创造的"叮咚奇迹"

132 好一朵美丽的茉莉花

141　会它千顷澄碧

153　世　面

158　荒岗地长出"脱贫红薯"走上国际餐桌

161　最忆阳关唱

168　零报酬"行长"

172　五养模式全覆盖　特困老人享晚年

175　元古堆村的美丽蝶变

180　此心安处是吾乡

189　笑语如歌

193　编后记

告别贫困 从这里出发

王 珊 彭业忠 谭少平

远看群山环绕，近看绿树成荫，座座新房宽敞明亮，户户小院清爽别致，水泥路、自来水通村到户，卫生厕所功能齐全——这是湘西农村今日的模样。

路坑坑洼洼，垃圾随处可见，老百姓住的是破旧的木板房、用的臭气熏天的老茅坑——这是湘西深山农村昔日的样子。

地处武陵腹地的湘西，有着美得让人心醉的绝美山水，有着数千年土家族苗族的绚烂文明，但也有着令人心痛的落后乡村。

在精准扶贫攻坚战中，湘西州是湖南省扶贫攻坚的主战场，8县市中有7个是国家级贫困县，1个是省级贫困县，全州2015年共有贫困村1200个，经济基础薄、人居环境差，资本"进不来"，山货"出不去"，怎么拔穷根、奔小康？

紧跟国家战略部署，着眼当地生态优势，湘西州委、州政府吹响了"美丽湘西"建设号角。从城乡同建同治到启动美丽乡村创建三年行动计划，再到创建100个最美乡村……在农村这个"美丽湘西"建设的"主战场"，掀起了一场从颜值到气质的全面变革。村村寨寨生态更秀美了、环境更优美了、民风更淳美了、社会更和美了，百个美丽乡村更加美出了品牌、美出了特色。

当神秘湘西撩开面纱，域外游客一片惊叹——"看得见山，望得见水，留得住乡愁，融得进时代，这就是人们心中的诗与远方！"

林在村中　村在画里

金秋时节，走进永顺县高坪乡场坪村，五彩斑斓的村庄让人眼前一亮！

干干净净的水泥村道，错落有致的独栋楼房，意趣盎然的农家小院，坐落在花团锦簇之间；猕猴桃褐、稻谷黄、葡萄紫、桃花红等多种颜色装点的墙面，绘出了场坪人的劳动场景和对美好生活的向往。路边是清新的野菊，庭院里是明艳的蔷薇，不远处还有大片大片的玫瑰园、猕猴桃园……田园风光美不胜收。行至后溶水库，只见青山环绕，碧波荡漾，野鸭、野鸳鸯在湖中尽情嬉戏，五彩的环湖游道、别致的凉亭小桥点缀其中……好一个大自然怀抱里的生态公园！

"多亏了美丽乡村建设，场坪建起了多彩村庄，发展起多彩产业，美丽指数、幸福指数双双提升。"邓发明兴奋地说，"目前，村里正在打造后溶田园综合体，待明年春天再来，场坪将成为休闲旅游、康养娱乐的更好去处。"

美丽的不止场坪。

在泸溪县浦市镇浦溪村，执政者们巧用资源引入园林公司，建起苗木产业园，又借势打造村里绿化景观，绘就了一幅"林在村中，村在画里"的美丽画卷。

在凤凰县麻冲乡竹山苗寨，"美丽工程"让乡村旧貌换新颜。绿色山林中重重叠叠的特色民居、"竹山乡居"高端度假民宿、竹山无边界温泉泳池……将舒适生活与民俗风情完美融合，造就了新晋"网红打卡地"。

还有吉首、保靖、花垣、龙山、古丈……在湘西农村，我们一路走访，一路惊叹——叹环境之美，叹乡村之变。

自创建美丽乡村以来，湘西州全面推进乡村规划提升、基础设施提质、人居环境美化、特色民居保护、产业富民强村、乡风文明培育六大行动，大力开展"硬化、绿化、美化、净化、亮化""五化"工程，积极完成"农户旱厕、非正规垃圾堆放点、农村黑臭水体、农村危房、村集体经济空壳村""五个清零"，"治厕所、治垃圾、治污水、治违建、提升人居环境质量""四治一提升"的目标任务。

截至2020年12月，全州已完成改厕20多万座，卫生厕所普及率达80%以上；建成运营196个乡镇垃圾焚烧炉；8个全国重点镇生活污水处理设施建设已完成7个，153个污水治理任务村全面推进，24处农村黑臭水体完成治理。开展特色民居保护整治，创建保护整治示范村（镇、街区）63个，依法依规拆除空心房、危房3332栋，整治乱堆乱放等乱象10500余处，村庄公共区域绿化美化20余万平方米。

悬崖上、峡谷中、小河旁、高山上……村村寨寨脱去了破旧的外衣，穿上了靓丽的新装，绽放出湘西农村独有的熠熠光彩。美丽乡村示范创建三年行动中，湘西州共完成创建最美村19个、精品村303个、示范村600个，美丽乡村起步村实现全覆盖。永顺县场坪村、司城村入选中国美丽乡村百佳范例，凤凰菖蒲塘村、泸溪县浦溪村、花垣县十八洞村等40个村被评为省级美丽乡村示范村，在目前湖南省14个市州的417个省级美丽乡村中，占据近1/10。

青山是宝　文化鎏金

从吉首向北行驶8.5公里，来到"钢火烧龙"传承地——马颈坳镇榔木村。

湘西州非物质文化遗产"钢火烧龙"已有300多年历史。当地群众每逢正月十五都会举行隆重的"烧龙"仪式，成就了当时最美的"夜景"。而今天，榔木村利用乡村生态优势打造新的"夜景观"，舞出不一样的"夜经济"。

莲叶田田的荷塘沁人心脾，鸟语花香的动植物观光园逸趣横生，太空鱼、小龙虾垂钓为城里人提供了更加丰富的乡村休闲体验……曲径通幽的荷塘小道上，一盏盏油灯式路灯依次排列，营造朦朦胧胧的迷人夜景。在连绵起伏的山头上，或新种下或绿满山坡的"茶海"层层叠叠，村里规划的湘西黄金茶博览园已初具雏形。

"过去榔木村种椪柑，现在我们抓住创建美丽乡村机遇，大力发展乡村旅游和茶叶产业。"榔木村村支书石文峰满怀信心地告诉我们，榔木村的目标，就是通过思想转型化、农业精品化、农业工业化"三化"，实现"三园"——远看大茶园，近看大花园，实际是农村与城市人的乐园。

"趁势而上"的不止榔木村。

生态和文化是湘西最美的底色，也是湘西最大的底气。如何借力生态与文化，推动湘西新一轮发展？

湘西州委、州政府《关于建设美丽湘西的意见》中提出"着力打造生态秀美、环境优美、民风淳美、社会和美的靓丽城镇和美丽乡村，为把湘西州建成民族文化彰显、人与自然和谐、社会文明进步的国内外知名生态文化公园打下坚实基础"。州第十一次党代会强调："要把湘西州打造成自然山水大画园、民族风情大观园、绿色产品大庄园、休闲旅游大乐园、和谐宜居大家园，打造成宜居、宜业、宜游、宜养的武陵胜境。"

湘西各地在打造美丽环境的同时，积极发展美丽经济，建设美丽文化，不断放大湘西的"美丽效应"。

土家原始古村落永顺县洞坎村抓住生态优势，打造"绿色洞坎""生态洞坎""魅力洞坎"，建成全省最大的"竹梅山寨"，绘出一幅"竹在林中生、梅在竹中留、鸟在梅间鸣、人在画中游"的生动图景，乡村旅游红红火火，集体经济实现井喷。

峒河之畔的"中国少数民族特色村寨"吉首市矮寨坪朗村，珍视天地与先人的馈赠，成立了湘西苗族鼓舞传习所，打造出"坪朗豆腐"这一传统美食名片，在延续古朴和谐生产生活方式的同时，吸引着游客朋友纷至沓来。

还有泸溪县武溪镇黑塘村三产联动，打造"狮子山下葡萄沟"；保靖县吕洞山镇吕洞村以"化石级"古苗寨的独特资源打造文化旅游名片……在这场"美丽行动"中，湘西自治州100个美丽乡村因地制宜，做好山水文字、彰显文化特色、展露出独有的民俗风情。

青山变宝，文化鎏金。乡村旅游蓬勃兴起，成为湘西旅游经济的一支劲旅，成为精准扶贫、乡村振兴的重要力量！

融得进时代　留得住乡愁

潘建军是龙山县里耶镇自生桥村村民，过去常在外打工。今年，趁着八面山大力开发旅游的契机，他回乡开起了民宿，旺季时月收入有一两万。"现在家乡美了，出行、生活都方便了，在家创业比在外面打工强！"潘建军笑呵呵地说。

自生桥村所在的八面山，海拔1400多米，是"湘西屋脊"。山上风光旖旎，草场、云山、雾海、奇峰、绝壁等各种景色应接不暇，有"空中草原"之美誉。但在过去，由于四面悬崖，上山仅有一条烂路，百姓生产生活条件十分落后。

　　近年来，乘着美丽湘西建设东风，山上的四个行政村逐步开展美丽乡村建设。自生桥村危房全部改造，85%的农户用上了卫生厕所，水泥路通村入户，垃圾每天有专人清扫，乡村面貌大变样。今年，政府又大力开发八面山旅游，投入6000多万元用于基础设施、配套设施等建设。人气旺起来了，村民们趁势发展民宿和养殖。放养的牛羊土猪供不应求，毛猪价格涨到28元/斤。民宿一到旺季双休日就订不到房，家家户户都享受到了"旅游红利"。

　　"八面山过去是'养在深闺人未识'，以后必定是'天下谁人不识君'。"云顶村第一书记张向阳说起八面山，满是自豪。3年前，他刚到这里扶贫时，家家户户住着破烂的木板房，冬天透风，雨天漏水。多亏各级各部门支持，张向阳带着大家一步步发展起乡村旅游，村民们有的养猪、有的种菜、有的办民宿，日子一天天好起来。如今，各家各户新房砌起来了，生活条件好起来了，再看看风景如画的"云顶之巅"、妙趣横生的房车营地、星空帐篷、正在建设的环崖游道、在泥巴里自在奔跑的生态黑猪……无不让人感受到这座村子发展的蓬勃朝气。

　　来这里休闲旅游的人们感叹："住在这里，吃的是'仙猪'肉，喝的是矿泉水，赏的是云海日出绝色美景，呼吸一口都是负氧离子。羡慕村里人，天天过这样的神仙日子！"

　　日子美的不止是八面山。这些年，湘西州融合推进美丽乡村、精准扶贫、乡村振兴战略，为湘西农村生活带来了翻天覆地的变化。

"过去没水，七天不洗一个澡，现在干完农活冲个热水澡，别提多舒服了。"凤凰腊尔山上的改厕工程，把困扰村民们多年的洗澡问题一并解决了。以前过年回家只愿住宾馆的年轻人，现在高高兴兴住家里，真正"团了圆"。

　　"过去靠天吃饭，现在凭本事吃饭。"腊尔山镇夯卡村通过易地扶贫搬迁，让贫困户告别了烂路、危房，住进了风景如画的同福苗寨。贫困户在周边猕猴桃、黄桃产业园和旅游公司打工，闲置的安置房还可出租给旅游公司做民宿，收入稳定，生活安定。

　　"过去围着家门口一亩三分地'打转转'，现在走上'网路'看世界。"借助美丽乡村建设生成的美丽风景、美丽产业，不少年轻人留在村里做电商直播，把土货和风景轻松卖到全国各地……

　　这样的故事还有很多很多。

　　"过乡里人生活，让城里人羡慕""美丽湘西"的神奇魔术正一点点改变着乡村的面貌、改变着老百姓的生活。

选自"闪电新闻"2020年12月11日

红色小山村的绿色致富路

李庆国　芦晓春

京西南，蜿蜒的拒马河从房山区十渡镇穿境而过，这里山清水秀、峰林叠翠。在这个"北方小桂林"里，一个名叫马安的小山村，曾在中国抗日战争史上写下了光辉的篇章。

至今，村里还保留着两面红色锦旗，一面是1941年被授予的"抗日模范村"，另一面则是1951年，毛泽东主席亲笔题词的"发扬革命传统，争取更大光荣"。两面旗成为马安村红色历史的见证，也提醒和激励着后人们：不忘初心，继续奋斗。

经历了炮火的磨炼和历史的沉淀，如今，马安村正紧紧抓住党中央实施乡村振兴战略的历史机遇，充分挖掘并利用红色资源和生态优势，强基础、促产业，从一个发展落后的低收入村变成人居优美的红色文化村，在京西大地上走出了一条绿色致富路。

承载红色历史　普通山村不平凡

夏初的房山十渡迎来旅游旺季。从镇上向北驱车大约十分钟，只见一排排灰白色新民居坐落在高耸延绵的大山前，这是马安村给人留下的第一印象。走进村里，街面干净，花木繁盛，最吸引人眼球的当属居民楼整面墙上粉刷的红色标语和图画，"抗日模范村""老帽山六壮士精神永存""马安人民参军参战保卫国家"……每一条标语都暗示着这个普通山村的不平凡。

乡村是历史文化的"博物馆"。来到村里修建的红色文化走廊，其上的一段段文字，一幅幅老照片，将马安村红色历史娓娓道来。

抗日战争全面爆发后的1938年底，中共房良县委书记、房涞涿县议会议长赵然同志以游击队长的身份，在马安村发展党员成立党支部，是平西建立支部比较早的村庄之一。1939年冬，房良抗日高级小学迁到马安村。1940年2月，爱国民主人士李公朴教授到抗日高小，向师生发表了爱国演说。

1943年4月中旬，日伪军300多人向十渡进犯，冀中10分区27团派一个排在马安村南老帽山凭险扼守，阻击敌人。战士们在完成阻击任务撤离时，被日寇截断后路，在腹背受敌的情况，他们发起了一次次突围，最后只剩下6名战士。在枪弹用尽后，勇士们抱枪纵身跳下悬崖，英勇牺牲。这就是被后人称赞致敬的"老帽山六壮士"。

在抗日战争时期，马安村几乎全村的男丁均参军入伍，未有一人参加日伪军队伍，未向日伪军提供一粒粮食，全村被敌军烧毁过3次，但马安人民坚决抗日，坚持跟党走，未出现过一个叛徒，因在抗日战争时期做出的突出贡献，1941年秋，马安村被中共房涞涿联合县政府授予"抗日模范村"称号并赠锦旗。

1951年8月，中央人民政府北方老革命根据地访问团慰问革命老区平西人民，将毛主席对革命老区亲笔题词的"发扬革命传统，争取更大光荣"锦旗授予马安村，同时还赠送了中央人民政府的慰问信、纪念章。

岁月如梭，如今的马安村里能说出当年那段历史的只有七八十岁以上的老人。"不能让这段历史在我们这代人就断了啊！"王有山一脸担忧。怎样将红色故事传承下去，成了摆在马安村眼前的难题。

挖掘红色资源　找到发展"密码"

一个村如何发展，受制于地理区位、人口结构、经济基础等诸多要素。马安村是北京市深山区的一个偏远村，2012年"7·21"洪灾使全村被淹。2014年，受益于山区搬迁政策，村里80%住户搬迁上楼，但还有76户村民因经济困难等原因没有上楼，成了村里的老大难题。

同时，尽管马安村大部分村民搬上了新民居，但是长期以来村子产业基础薄弱，村民增收困难，全村240户农户中，被认定的低收入农户达到133户，马安村成了北京市挂牌的234个低收入村之一。

摆脱贫困，离不开帮扶。为了让全市低收入村如期实现脱低摘帽，北京市于2016年启动全市第二批村第一书记选派工作。作为北京联合大学机电学院学生党总支书记，唐武被派驻到马安村任第一书记。

为了尽快给村子找到发展的"密码"，唐武日夜走访。一天，一位老村干部和他说："咱们村是抗日模范村，可惜现在连村里人都不知道了，您是老师，有空给年轻人们讲讲，也帮我们宣传宣传就好了。"

老人的一句话点醒了唐武。"我们村有着光荣传统，军民生死与共，永远跟党走的信念深深地扎入村民的心中，还有齐心抗日不背叛党的红色抗日精神，是我们党和国家的宝贵精神财富，对现在的青年人有着深刻的启示作用。"唐武说，挖马安红色故事，搞红色旅游就是他驻村工作的方向。

在唐武的组织下，村里的老党员、老干部和英雄后人的回忆被整理成了口述史。他还前往史志办、市委党史研究室查阅有关马安的历史资料。经过大量走访调研、查阅史料，查证核实了村中留有的房良县委和县政府驻地、南岭阻击战、东成片遭遇战、康儿岭战斗遗址等10余处抗战遗址遗迹。村里还建起了红色长廊，集中展示"村民参与东戌片战斗"等战役的老照片和老物件。

为了充分利用派出单位这个支援团的力量，唐武请来了北京联合大学艺术学院的学生，把"老帽山六壮士就义"等抗战故事，绘在了村居的墙上。学生们还把抗战故事做成 AR 视频，并给村里建起了网站，北京联合大学的老师还为马安村谱写了《马安颂》。

通过一番努力，马安"红村"的名号渐渐响了，成为十渡旅游区的一个"打卡"景点，仅 2017 年 5 月至 10 月马安村就接待来村参观考察学习的社会各界人士达 4856 人。村里民俗户的收入比 2016 年翻了一番，通过挖掘红色资源，宣扬红色文化，群众得到了实惠，也看到了脱低致富的希望。与此同时，平西红色革命精神也得到了传承和发扬。

以"红"带"绿" 振兴路上再出发

红色历史文化的挖掘让马安村在新时代重新焕发乡村价值。但是，如何把价值放大，盘活更多乡村资源，充分激发村庄的内生动力，从而走上一条可持续发展之路，是低收入村面临的共同课题。马安村决定闯出一条符合自身实际的致富路。

身处绿水青山，又有红色文化，在深入调研的基础上，马安村形成以"红"带"绿"，以"绿"托"红"的发展理念，全力打造"平西古寨·红色马安"休闲旅游精品村。

记者走访发现，村里的半山坡、上山路上，挖掘机、三轮车一刻不停歇，农人们忙忙碌碌。在新到任的第一书记詹小冷的带领下，记者驱车盘山至一块宽阔地带，这里新种植的 3000 多棵核桃已经长出绿油油的嫩叶。

"村里流转了 200 亩土地，在此打造旅游休闲农业观光区，林下还将插播种植油葵、花卉、土豆、奶油南瓜等经济作物，形成林下经济。"詹小冷说，观光区将以"主题采摘＋农事体验＋科普教育＋绿色餐饮＋红色拓展"为基本模式，进一步增加村民收入来源。

旅游休闲农业观光区是马安村打造的"四区两中心一基地"重要内容之一。为优化发展空间布局，马安村提出了建设抗战红色文化瞻仰区、旅游休闲农业观光区、圣泉湿地保护区、高端民宿精品区，非物质文化遗产展示体验中心、红色文化活动体验中心，以及平西红色抗战文化传承教育基地。

现在马安村正在打造湿地保护区，红色文化瞻仰区下一步也将对接正在修复的抗日遗址，民宿项目的一些基础设施也已经开工建设。"四区两中心一基地"的发展思路，已为村里引入6000万元的项目资金，还有不少企业也表示了合作意愿。

幸福生活是奋斗出来的。在新的发展思路指导下，村民们积极参与土地流转，发展休闲采摘，并加入村里建设提供的公益岗位，收入节节高，日子有奔头。2019年2月，全村已有102户低收入农户脱低，脱低率达到76.69%。

"我们村原来就是个默默无闻的穷村，现在的生活是越来越好，这搁过去是不敢想的。""是党的政策好，我们不能忘本！""我们要继续发扬革命传统，争取更大光荣！"你一言我一语，村干部和村民们纷纷表达着对过上好日子的感恩和继续奋斗的决心。

踏遍青山人未老，风景这边独好。相信厚植红色底色和优势的马安村，必将崛起于京西南的绿水青山中，成为一道最美风景线。

选自《农民日报》2019年5月27日

光伏板下藏着羊？

靳 艳

行进在河北省张家口市宣化区贾家营镇的公路上，不远处成片的光伏板如同蓝色海洋般"波光粼粼"。它们吮吸阳光、奉献电力，为当地百姓送去了光明，也送去了脱贫的希望。

截至目前，张家口市宣化区光伏电站共占地5000亩。

奇思妙想优势多

走进宣化兰海畜牧养殖有限公司干净的养殖园，各排羊舍所标的不同字母分外引人注目。

"这不只是一个简单的序号，还代表着不同的区域划分，通过圈舍字母，一眼就能区分开带羔区、待产区……"兰海畜牧负责人兰进京介绍，区域划分都是根据养殖规模和生产模式进行精确规划，可以防止细菌传播、提高工作效率。

兰进京是宣化区的一名特殊"羊倌"。他毕业于中国人民解放军防化指挥工程学院，却选择在2014年回村搞起了肉羊养殖。

兰进京的养殖之路并非一帆风顺。因初出茅庐，兰进京选羊、养羊技术并不成熟、终端购货方资源短缺，导致资金链岌岌可危。更加不幸的是，2015年养殖场发生疫情，死了200多只羊。转机发生在2016年，宣化区大力发展光伏发电给了兰进京新的启发——将光伏板建在羊舍屋顶和屋前空地，既能给羊打造个阴凉地儿，让羊们的活动量更大，减少羊膻味，还能防止细菌滋生。

想法虽好，但落地却不易。在宣化甚至张家口，民营企业发展光伏并无先例，审批手续能否通过？资金投入能否保证？

"后来，还是区里帮我解决了大问题。"兰进京说，宣化区扶贫办对牧光互补项目深入调研、讨论研究后，及时帮他与相关部门进行了沟通。2017年底，兰海畜牧养殖场的光伏项目在各部门干部的帮助下终于得到了并网许可，一条牧光互补的新路子在宣化脱贫攻坚战场应运而生。

宣化兰海畜牧养殖场里的羊十分特别，它们尾巴呈螺旋状盘旋向上，尾巴末端也不像传统羊那样呈宽扁状，而是尖细状。

"这些羊是通过人工输精，将国外杜波公羊与本土湖羊的精液按照特定比例进行融合，进而通过人工授精杂交而成。"兰进京介绍道。

继续往羊圈里走去，羊群一个猛子全都站起来奔向光伏板下。"他们认人呢，一看你们和我衣服不一样就害怕啦。"远处一位饲养员介绍说。

这位饲养员，名叫宋善春，今年59岁。宋善春是位勤劳肯干的农民，但因妻子瘫痪导致家庭劳动力短缺，于2016年底被识别为建档立卡贫困户。这些年，他在光伏板下觅得家门口务工的新机遇。2017年以来，他一直在兰海畜牧养殖场负责肉羊饲养，每月工资3000元，除了在这儿务工，宋善春还贷款买了羊放在基地代养，已经稳稳地脱了贫。

为农户代养是兰海畜牧牧光互补项目的又一带贫模式。为了帮助周围乡镇的贫困户稳定脱贫，宣化区政府与兰海牧业合作，实行"金融扶贫张家口兰海畜牧养殖有限公司母羊托养项目"，贫困户可以自行选择在兰海牧业购买母羊，或在他地购买母羊，之后放入兰海牧业进行基地代养。

因贫困户养殖技术不成熟，而且受精、产卵都有特定的日期，在基地代养可以免费享受专业的养殖。代养种羊的同时还可以自由务工，贫困户的收入渠道得到了扩展。

据宣化区扶贫办相关干部介绍，牧光互补远不至此，秸秆回收、流转土地、光伏板护理都可以帮助兰海周围三个乡镇的贫困户实现增收。尤为值得一提的是，兰海畜牧养殖还实现了产业循环、变废为宝。

"环境保护一直是宣化重点关注的，无论做什么产业也不能以牺牲环保为代价。"2018年，在宣化农牧局的支持下，兰海牧业又建起一座占地10亩的动物粪便处理厂房。曾经让村民头大的废弃物，如今在新科技的支撑下居然变成摇钱树。兰海牧业根据动物种类对粪便收购价进行规划，从几十到几百，实实在在变废为宝。

正如西深沟村支书郭金龙所说："以前自家种地用不完，都愁得不知道咋处理，现在村里人收拾动物粪便可积极了，因为粪便也能换钱呀！"

变废为宝带贫实

"小兰！我给你找见个好的发展路子——分割羊肉！"一次考察调研中，宣化区扶贫办相关干部发现有些地方通过专业的分解技术，再进行流水线包装，可以让一头牛创造出两头牛的价值，便急匆匆地赶回贾家营镇把这个消息告诉了兰进京。

"这样一来，产业链延长了，用工密度大，不仅创收还可以造福更多贫困户！"一直寻求新发展的兰进京说干就干，立马出去考察调研、学习了解。2020年，宣化区扶贫办已经把兰海牧业加工羊肉项目录入产业库。截至目前，兰海牧业在宣化本地的四家专卖店每天可销售近10只羊，微信平台的线上年销售额可达1000万元。

这样可喜的销售量少不了宣化广播电视台的帮助，"我们去谈宣传，一听是助农扶贫产业，立马就和我商量具体内容。"回忆起当时的场景，兰进京仍历历在目。

供不应求的现实让兰进京想继续扩大养殖面积，但之前的贷款并未还清，手头的资金不足以支撑他再扩大面积。又一次面临窘境的兰进京找到了宣化区扶贫办。

在详细了解了兰进京的带贫成效和未来规划后，宣化区扶贫办立即组织人员下乡考察。规模、收入、带贫模式，精细准确地考核后，鉴于兰海产业发展稳定，羊光结合有保障，带贫效果良好，宣化区扶贫办便为其搭线东西部扶贫协作帮扶资金。

结对帮扶宣化的是北京市延庆区。2020年4月，兰海畜牧养殖扩建项目得到审批。如今，又一片荒地被开发出来，流转来的100亩土地未来将变成16000平方米的高标准圈舍。在这些圈舍里，将继续帮助贫困户代养、将继续有贫困群众工作的忙碌场景：可使800人建档立卡贫困户受益，每年可新增吸纳10名建档立卡贫困户务工。

光与羊的神奇相遇，创造了宣化群众的美好生活，也开启了产业发展的新思维。辐射带动4个乡镇的兰海牧业，从雏形到初具规模，凝聚了宣化区各部门干部的力量，未来，宣化将继续在产业上谋新方向、划新路径。

选自微信公众号"中国扶贫"2020年7月13日

荒山披绿成脱贫"靠山"

盖有军　赵春华　加孜拉·泥斯拜克

夏天的一个雨后，站在自己负责管护的 50 亩杏树林里，52 岁的热合买提江·阿依瓦洪似乎听到了果树生长的声音。他的目光所及是大片大片的果林，把他的家乡新疆维吾尔自治区察布查尔锡伯自治县加尕斯台镇拜合提亚村围成了绿野。

近年来，察布查尔将生态建设与精准扶贫有机结合，启动 30 万亩生态扶贫林建设项目，探索出生态扶贫长效机制。如今，该县已先期建成 6 万亩林地，330 户建档立卡贫困户在这里实现稳定增收。

扶贫林种出好收益

"果树种好了，收入就有了！"站在自己管护的林地里，热合买提江显得很有底气。

两年前，热合买提江还是村里的贫困农民，如今，他"转岗"成为生态护林员。"除了种树、管树，闲暇时间还可以打零工挣钱。"热合买提江说。

位于伊犁河南岸的察布查尔，是伊犁河谷一颗璀璨的明珠。但同时，乌孙山下的大片土地，因受地理因素等影响，土地贫瘠，成为荒滩。

2016 年，察布查尔虽然全县整体脱贫"摘帽"，但 3188 户建档立卡贫困户需要继续巩固提升，脱贫攻坚的任务依然繁重。

"一边是生态建设，一边是脱贫攻坚，我们在两者之间找到了结合点。"察布查尔锡伯自治县生态扶贫投资有限公司（以下简称生态扶贫公司）董事长秦安川说。

2017年，该县推出生态扶贫模式，实施30万亩生态扶贫林建设工程，将产业、生态、扶贫有机结合，种植了树上干杏、苹果、新梅等。

种下树，谁来管？"我们建立了'公司+农户'管护模式，将建档立卡贫困户纳入护林员队伍，每户管理50亩果树，前5年无收益时，从扶贫资金中给予每户每年1.2万元补助。5年挂果后，果树30%的收益归农户。"秦安川说。

现在，察布查尔的生态扶贫林已发展到6万亩，栽植各类树木近600万株，昔日的戈壁滩变成了大果园。与此同时，全县还有330多位贫困户和热合买提江一样成为生态护林员，实现稳定增收。

"土把式"变身"林秀才"

"这是我管理的果树，长得特别好。"指着面前的大片生态林地，阿布都尔扎克自豪地说。放眼望去，苹果树、杏树已有1米多高，一派生机勃勃的景象。

2017年4月，这位来自海努克乡阿热吾斯塘村的贫困户进入生态扶贫公司，被培养成林业技术员，牵头一个4人管护小组，管理2400亩生态扶贫林。每个月除去"五险一金"，他可以拿到3200元工资。

有了稳定的收入，接下来干什么？阿布都尔扎克说他可没闲着。

这两年，阿布都尔扎克用工资收入买了4头牛、20多只羊在家饲养。去年，他和妻子又在村里开了一家小超市，收入逐年攀升。

"我现在是一名林业技术员，工作越干越好了，日子也越过越美了。"阿布都尔扎克高兴地说。

这几年，随着全县生态扶贫林面积的不断扩大，一批像阿布都尔扎克这样的贫困户，进入生态扶贫林基地，成为专职林业技术员或林业工人，让"一人种树护林，全家脱贫"的目标成为现实。

在秦安川眼里，这只是走出了第一步。

"我们不仅要广泛吸纳建档立卡贫困户就业增收，还要大力培养一批懂技术的'林秀才'，这将有力促进全县林果业的可持续发展。"

几年前种下的果树在逐渐长高长大，当年的"土把式"也变成了现在的"林秀才"。通过生态扶贫林建设，像阿布都尔扎克这样的贫困户，不仅是脱贫攻坚的受益者，还将成为决胜全面小康的生力军。

好生态带来多业兴

林地之间的土路两边已经种下了葡萄树、架起了葡萄架。"明年夏天你们来就可以吃上葡萄了。"海努克乡切吉村建档立卡贫困户马纳·依努斯笑着说。

马纳现在通过管护林地每月有稳定收入，乡里计划在这里发展旅游业，他也有了新想法："这生态林就是我们的聚宝盆，等到旅游业兴起，我想开个烧烤摊，肯定能挣不少钱！"

事实上，马纳的所想早已列入了生态扶贫公司布局的产业蓝图当中。

3年前，切吉村有一片荒滩；3年后，连片种植的生态扶贫林让这里披上了绿装。实施生态扶贫工程以来，海努克乡的可利用土地面积增加到了3.2万亩，往日的戈壁荒滩"变身"万亩绿色屏障。

站在高处眺望，水塘上鸥鸟翔集，田垄错落有致，绿树环绕。

2020年,这里又种上了香妃海棠、乌克兰大樱桃等中高端水果。目前,一个面积1600多亩,集旅游观光、休闲采摘、餐饮垂钓为一体的休闲农业生态园的雏形已然显现。

人不负青山,青山定不负人。30万亩生态扶贫林工程完成后,将吸纳全县1.1万多名贫困人口就业,并带动多业态发展,让贫困户持续稳定增收。

选自《新疆日报》2020年7月3日

布楞沟之春

马玉令

去往甘肃省东乡县的车是一路向上，真个是"上去个高山"。这里平均海拔 2600 多米，六大山梁夹着六条山沟，远远望去，重峦叠嶂，沟壑纵横。位于高山乡的布楞沟村曾经是东乡县最贫困、最干旱的山村之一，但从 2013 年开始，布楞沟村发生了可喜的变化，不仅通了水、修了路，村容村貌发生了改变，村民的精神面貌更是焕然一新。现如今，布楞沟村把脱贫攻坚同实施乡村振兴战略相结合，迎来了属于自己的春天。这让人不禁想起了"花儿"史诗——《东乡人之歌》：

    天下的黄河九十九道弯，弯弯弯
    弯弯里绽开了牡丹
    高原上九十九架山，山对山
    山山是幸福的"少年"
    ……

曾几何时，这里留给世人的印象就是贫瘠，村子里连个小卖铺也没有，更不要说卫生所了，基本上靠天吃饭，人、畜、庄稼都一样。那时，从山外运来 1 吨水要卖到 120 元。120 元，对这个极度贫困的小山村来说，无异于天文数字。

布楞在东乡语中意为"悬崖边"。世世代代，布楞沟村似乎总也摆脱不了贫瘠的阴影。如今，这一切都发生了改变，恍如隔世，村民住进了新房子，屋顶上还安装了光伏发电设备，村里有了文化活动中心，甚至还有了二级公路。

"东乡手抓"素来有名，但一直未能做大做强，究其原因，就是由于这里缺水，养殖规模有限。现如今，政策好了，村里的基础设施改善了，养羊已经成了村里的富民产业。

离开家乡十多年的马达吾德回到了布楞沟村，在政府的支持下创办了布楞沟养殖农民专业合作社，带动18户村民发展规模养殖，还把"东乡手抓"卖到了北京。

为了保护布楞沟脆弱的生态环境，2013年以来，东乡县组织力量在布楞沟村造林5650亩，并把改善生态环境和促农增收结合起来，在布楞沟村栽植以皇冠梨、花椒、包核杏为主的经济林1050亩，户均17亩。

以前，很多村民不愿意让孩子上学，早早让孩子承担家务，以减轻家里的经济压力，教育一直是村里的"短板"。直到2014年春，削山平地新建的布楞沟小学拔地而起。2013年出台的政策惠及了这所山村小学——临夏州从小学到高中全部实行义务教育，不但学费全免，学生还能吃到免费的营养餐。教育脱贫的观念已经深入人心。

"90后"硕士研究生马娟看到了东乡美食油炸馃馃的市场前景，选择在布楞沟村投资建设巾帼扶贫车间。按照她的理解，"布楞沟"三字便是"香饽饽"品牌，每月可生产油馃馃14万斤，销售额达到100多万元。同时，村里的妇女对于制作这种乡村面食手到擒来，还能帮助她们在家门口打工挣钱。

在布楞沟村的巾帼扶贫车间里，能看到村里的妇女们上班的身影。各式金黄的油馃馃变成了富有民族特色的美食，通过"快递+电商"平台从布楞沟村走出大山。

巾帼扶贫车间是2018年5月开办的。扶贫车间实现了妇女在家门口就业，人均月收入2000至2500元，在稳定增收的同时还能照顾上家庭。

距离扶贫车间不远处是布楞沟村的村史馆，由村民马麦志家改建而成，而他已经搬进了新房子。村史馆里，一张张新旧图片生动地展示了布楞沟村今昔发生的巨大变化，坚定着东乡县各族群众加快脱贫致富的信心。

目前，东乡县已建成运营16个扶贫车间，帮助解决470多名贫困妇女就近就业，民族特色美食、羊肉、手工制品等通过电商平台远销各地。

马麦志回忆说，他家有5口人，到2012年年底时，他和妻子种着2.5亩玉米、3亩马铃薯，养着5只羊，大儿子外出打工，一家人过得紧巴巴的。

如今，马麦志已住进新宅院，没花一分钱，院子中央的自来水龙头轻轻一拧，清澈的自来水便马上涌了出来。在井口的白色瓷砖面上写着两行红彤彤的大字："吃水不忘总书记、永远感恩共产党。"

几年来，布楞沟村民经过不懈努力，村子是一年一个样儿。

选自甘肃科学技术出版社《陇上百村纪事》

蝶舞萤飞间　我家脱贫了

吴晓彤

2019年6月16日一早，村民王建均忙完自家蝴蝶棚的事，准备赶往村合作社照料蝴蝶、萤火虫。依靠村里发展的特色养殖，这位四川省雅安市星星村的最后一户贫困户去年底顺利脱贫。用他的话说就是，"蝶舞萤飞间，我家脱贫了。"

40岁出头的王建均夫妻俩靠务农和打零工，原本温饱无忧。2015年，王建均患上多脏器结核病，因病致贫。2015年5月，医疗、住房等一系列精准扶贫政策在该村落实，次年星星村利用高海拔优势成立峨边神农种植养殖专业合作社，发展高山时鲜品牌蔬菜和原生态家畜养殖，在驻村帮扶第一书记、乐山电力股份有限公司员工谢俊杰和村组干部帮扶下，王建均等50余户建档立卡贫困户当起"股东"。

近千亩高山蔬菜水果及生态养殖逐渐发展起来，特色食品加工厂从无到有，"来自星星的山货"通过电商平台销往全国。2018年1月，省定贫困村星星村通过评估，实现脱贫，贫困发生率降为0.53%。但是，王建均家却又因妻子患病成了村里最后一户贫困户。

此时，星星村的脱贫攻坚重点已从基础设施建设、农业合作社＋互联网，推进到发展乡村旅游。"我带村民到峨眉山一家公司考察，发现他们的蝴蝶工艺品销路很好。"去年5月，谢俊杰再次找上门，顿感新鲜的王建均二话没说就报了名。

帮扶干部从峨眉山的公司引进蝴蝶卵、蛹和种蝶，选定5家示范户，由公司培训养殖技术并签订回收协议，最终在村里养了5个棚的枯叶蝶、碧凤蝶和柑橘凤蝶。

"温度湿度难以把控，虫害防治缺乏经验。"历经50天左右养殖周期，王建均的第一次尝试遭遇失败。在第二次养殖中，他总算摸索出一点经验，有20%的蝴蝶养殖成功。"一个棚的产出卖了810元，如今摸索出门路，今年养了两个棚，收入肯定比去年好。"

即便不太顺利，谢俊杰发现农户还是有了积极性。2019年5月下旬开始，全村养殖蝴蝶的农户增加到9户，养殖大棚增加到9个。经公司培训，部分农户还学会制作蝴蝶标本，可进一步提高养殖效益。

白天看蝴蝶，晚上呢？去年，谢俊杰请来乐山师范学院的专业技术团队，组织成立蝶舞萤飞昆虫养殖专业合作社，养殖萤火虫等，规划建设蝴蝶观光园、萤火虫露营基地。当年，星星村蝶舞萤飞"浪漫产业"成功启航，最后的贫困户王建均成功脱贫。

现在，除了照料自家蝴蝶，王建均还在合作社上班。"等这些'浪漫产业'壮大了，我家的日子会越过越好。"

选自《四川日报》2019年6月17日

群山难阻脱贫路

韩 莹

作为"四大火炉"之首，重庆的夏天过于热情。

听说，位于重庆东北角、地处巴山腹地的"山中之山"城口县正是消夏避暑的好去处。2020年8月10日，我们一行三人从重庆市区出发，沿高速公路驾车4个多小时，来到了位于重庆最北端的城口县。这里，山区面积超过90%，森林覆盖率超过70%，境内有各类动植物4900多种，空气质量优良天数常年超过340天，是四季如画、远近闻名的"天然氧吧"。拥有"九山半水半分田"的资源禀赋，为何头上却带着国家扶贫开发工作重点县的帽子？在过往的岁月里，山高天寒，仅有的巴掌田、鸡窝地上，种不出好光景。因群山的阻隔，偏僻封闭，是被遗忘的地方，成了国家级深度贫困县，是重庆脱贫攻坚的"硬骨头"。

我们沿着层层叠叠的"之"字形山路，穿过密密的云雾环绕的青山，一幢幢错落整齐的二层小楼坐落在道路两旁，自来水、洗衣机、太阳能热水器一应俱全，村民农忙也不忘笑着和我们打招呼……一幅整洁富裕的新农村画卷徐徐展开。是什么让这样原本与世隔绝的地方发生了如此蝶变？

从"山口"到"门口"的致富路

地处大娄山脉和武陵山脉交错地带的沿河乡，山高谷深、沟壑纵横，独特的地理环境造就了沿河独一无二的迷人风光，但当地滞后的交通一直让它们"养在深闺人未识"。

以前村民进出，只有一根机耕道，通行能力很差，无法满足群众出行、产业发展的需求。

如今整个沿河乡都实现了道路畅通，路通到了家门口，实现了村民们多年的夙愿。

交通的便利，让整个村里热闹了起来。沿路开着小货车到各村销售蔬菜、水果、衣服的"跑跑匠"越来越多。原来在外打工的村民回到了家乡，开着一辆小货车，每天到县城购买新鲜的蔬菜和日杂用品，然后在村子里进行售卖。

村民这样每天做点小生意，和在外打工的收入差不多。以前在外打工，离家太远，现在路修好后，到哪都很方便，在家门口就能赚钱。

一条条"四好农村路"贯穿城乡、直抵田间，实现了通组达户，正成为村民的脱贫路、乡村振兴的阳光路。

公路贯通了，接下来怎么干？城口县依靠自身生态环境优势，通过避暑休闲度假、生态观光、特色农产品等业态发展乡村旅游。

闲置民房变为特色民宿，依托优质的生态资源，激活沉睡的青山，不少村民摇身一变，从普通农民变身成为了"大巴山森林人家"。

盛夏的午后依然凉爽怡人，一栋栋古朴的巴渝民宿点缀在树林当中。

岚溪村海拔1100多米，气候凉爽怡人，村民们有不少闲置的民房，适合发展"避暑经济"。2017年，岚溪村开始探索"资源变资产、资金变股金、农民变股东"改革。先将村集体资产股权量化,再构建村集体、农户与市场经济主体的合股联营机制。统一改造施工,统一运营,收益按股分配,全村共有225套民房参与了"民房变民宿"项目。

岚溪村由此成为了远近闻名的"避暑村",每到夏天迎来重庆主城区、四川达州等各地的"度假客"。

村民聂年丰说,"七八月的房间都预定满了,火爆的很。"3年前村里将他的住房统一打造成"大巴山森林人家",去年民宿收入8万多元。

"以前靠种土豆、玉米和上山采药材为主,日子过得太难了。"村民唐太友说,开办民宿3年多以来,年均收入10万元左右,2017年就顺利脱了贫。

截至目前,城口县"大巴山森林人家"达1800余家,带动8000余人增收。足不出户,在家门口就实现走上发展特色乡村旅游脱贫的致富路。

环境整治提"精气神"

脱贫的底气来自现实问题的解决和群众生产生活条件的改善。

环境综合整治,使贫困户在"改天地、换新颜"的变化中不断增强脱贫的获得感和幸福感。我们在走访城口县东安镇时看到,家家户户的门口都贴着家训"睦邻正理,仁让自强;勤劳致富,多福多寿……"简明喜家里新盖了2层小楼,他的母亲站在大门口的一片南瓜花后向我们招手。据老人家介绍说,村里的变化真是翻天覆地,路修到了家门口,村民们的房子都翻新了,家家户户都给装修了厕所,还安装了太阳能热水器,"我们简直就是生活在世外桃源中的'城市人'"。言语间,老人家显露出满满的自豪感。房子修得越来越好,老人家对生活充满了希望,房子旁边依山建了3个小鱼塘,养了300多条鲤鱼。门上贴着的对联写着"丹桂有根独长诗书门第，黄金无种偏生勤俭人家"，老人家说："在扶贫路上，政府帮我们一把，我们自己也要有志气，加油努力干，天不负人啊。"

事实证明，生活环境对贫困户的带动作用是明显的。近年来，城口县探索出了"精神扶贫"新路径，深入开展"整治居住环境、摒弃生活陋习、培育文明新风"专项行动。随着思想观念的转变，贫困户脱贫的主观能动性被激发出来，实现了从帮我脱贫到我要致富的"精气神"的巨大转变。

一条条公路延伸进村、一栋栋新房拔地而起……散居在深山峡谷之间的村民也焕发出创造新生活的热情。

城口县，举目皆山，但却并未困顿。秉持如山般倔强坚持和不屈坚韧的精神，化劣势为优势，与生态和谐，使自然风光、山珍原味、多彩民俗化为聚宝盆和摇钱树，用产业生态化、生态产业化穿山越岭走出了一条脱贫致富的巨变之路。

选自微信公众号"中国扶贫"2020年11月16日

新吕梁英雄传

张津津

2017年6月21日,习近平总书记到山西考察,专程前往吕梁山集中连片特困地区调研脱贫攻坚工作。

彼时的吕梁依旧保持着人们印象中深度贫困地区的模样:山大沟深,交通落后,人们在贫瘠的土地上"一个汗珠摔八瓣",却依旧过着捉襟见肘的日子……

3年后,当记者走进吕梁市,惊讶地发现,吕梁早已变了模样:山青了,水绿了,现代化农业基地遍地开花,贫困群众搬出了大山,搬进了宽敞明亮的新房,过上了世代梦想的日子……

截至目前,吕梁全市累计减贫21.7万户58.5万人,1439个贫困村全部退出,10个贫困县脱贫摘帽,贫困发生率由2014年的19.2%降至2019年的0.18%。

成绩的取得,离不开党中央的坚强领导,也离不开干部群众"撸起袖子加油干"的齐心协力。如今,在广袤的吕梁大地上,英雄的吕梁儿女们,牢记习近平总书记的殷殷嘱托,秉持着"艰苦奋斗、顾全大局、自强不息、勇于创新"的吕梁精神,谱写出一曲曲脱贫致富的吕梁赞歌。

京城来的"当家人"

2018年7月,一个背着背包的年轻人来到吕梁市石楼县罗村镇泊河村,他叫连李生,共青团中央派到泊河村驻村第一书记。

连李生是个行动派,到村第一天就召开村民代表大会,"请大家放心,我一定尽全力带领大家过上好日子。"主席台上,他向乡亲们保证。看着台上侃侃而谈的年轻人,村民宁保孩的头摇得像个拨浪鼓,"这个年轻人口气不小,村里穷了这么多年,凭他就能富裕起来?简直是痴人说梦,肯定是个来镀金的。"

今年73岁的宁保孩在泊河村德高望重,曾经当过20多年的村支书,让泊河村富裕起来有多难,他再清楚不过。

泊河村是个典型的黄土高原贫困村,干旱缺水、植被稀少、生态脆弱、经济作物种植结构单一,乡亲们靠着种玉米为生。2014年,全村222户741人,其中建档立卡贫困户有122户324人,贫困发生率高达43.7%。

为了尽快了解全村百姓的生产生活状况,理清工作思路,第二天一大早,连李生就开始挨家挨户走访。没日没夜跑了两个月,泊河村谁家种了几亩地,谁家房子需要修,谁家有上学的,谁家有生病的,甚至谁家的大花狗是什么花色他都搞了个门清。

通过这次走访,连李生找到了工作突破点。泊河村头的那座土桥是村民们出村的必经之地,已有几十年的历史,如今已是破旧不堪。每到刮风下雨,桥身总要"晃三晃",村民从桥上经过,总是担惊受怕。村民们想要修桥却苦于没有资金,久而久之,这座桥便成了他们的"心病"。

连李生立刻行动起来,协调来资金,找来了施工队,争分夺秒干起来。一个月后,一座崭新的桥呈现在村民面前,村民们欢呼雀跃。连李生决定乘胜追击，继续完善村内基础设施建设，在村内搞起了"四好公路"建设和亮化、美化工程。半年后，泊河村的路灯亮了，环境整洁了，宽敞的水泥路修到了各家各户大门口。

泊河村的变化，宁保孩看在眼里，不由得改变了对连李生的看法，暗自在心中想："这个后生还真有两把刷子。"

基础设施条件改善了，可连李生知道，要想真正带领乡亲们脱贫致富，最终还是要靠产业。经过多方调研，他决定在村内实施"精准微扶"项目和"五小工程"项目，支持因地制宜开办小超市、小种植、小养殖、小餐厅、小电商项目，既能提高群众的收入，又能改变部分贫困群众的"等靠要"思想。

说来容易，实施起来却是难上加难。多年以来，泊河村村民多以种植传统的玉米、土豆为主，对连李生提出的这种"新鲜产业"压根不感冒。

为了劝说乡亲们大胆尝试，连李生可没少下功夫。那段时间，他走东家，进西家，磨断了鞋底，磨破了嘴皮。可乡亲们只信眼见为实，任凭他说得天花乱坠，却没人买他的账。

宁保孩找到连李生："连书记，我家门前有块空地，你看我发展个啥好？"在连李生的建议下，宁保孩将门前的3亩地种上了水果玉米。第一年就挣了1万元，是种植传统玉米收入的好几倍。

一石激起千层浪，来找连李生报名发展小产业的村民排起了长龙。2019年，全村有96户贫困群众发展"五小工程"项目，户均年增收1万元。从此，乡亲们对连李生刮目相看，连李生开始在泊河村大展身手。

建设泊河村电商示范店和便民服务中心，注册泊河村自己的商标，率先在全县开通便民快递取寄点，启动污水管网和泊河村污水处理站建设……2018年底，连李生更是在村里推进了投资800万元的"泊河湖水上休闲综合项目"。2020年五一假期，泊河村水上休闲项目试营业，短短五天就获得门票收入20万元。

"过去唉声叹气，现在扬眉吐气。连书记就是我们村的当家人，有他在我们还愁过不上好日子？"宁保孩高兴地说。

"香菇书记"

"带着全村人致富，这不只是我眼下的任务，更是我终生奋斗的梦想。"说这话的是张拉生，吕梁市交口县家喻户晓的"香菇书记"。

20世纪90年代初，交口县双池镇枣林村内硫磺矿、煤矿开采业盛极一时，头脑活络的张拉生是靠着矿产富起来的第一批人。好景不长，随着国家相关政策的调整，硫磺矿、煤矿开采被关停取缔，曾经富裕的村民过上了"吃老本"的日子。张拉生看着心里着急得很。

2005年，张拉生临危受命，担任起枣林村委会主任，从此扛起了带领枣林村百姓过上好日子的重担。经过几年的不懈探索，张拉生看到了食用菌的美好前景，决定就在村里发展食用菌种植。

可乡亲们对食用菌种植技术"两眼一抹黑"，香菇在枣林村会不会"水土不服"？"大伙儿的担心，我心里都明白。种香菇虽然风险大，但枣林村昼夜温差大，正好适合香菇生长，而且香菇利润也比较高。"张拉生介绍。

为了打消乡亲们的顾虑，张拉生召集村里的几个年轻人，到全国各地学习食用菌种植技术。福建、河南、河北、陕西……哪儿的香菇种得好就去哪儿。掌握技术后，张拉生又自掏腰包60余万元，在村里建起了9座食用菌大棚，给乡亲们吃了一颗定心丸。

一次偶然的机会，一种叫作"液体菌种"的技术引起了张拉生的注意。

"液体菌种，要比传统固体菌种产量高30%，而且成本低，风险小。"张拉生说。虽然液体菌种千好万好，可在国内还处于试验阶段，投入到规模化生产还不知要等到猴年马月。

"人家外国行，咱国内为啥就不行，没有液体菌种培育技术，那我就自己研发。"张拉生一拍大腿，和液体菌种较上了劲。2014年3月，张拉生带着新招来的技术员，一头钻进了实验室，一钻就是8个月。

一天十几个小时的工作，再加上研究的一次次失败，吓跑了十来个技术员。张拉生不信邪，穿上白大褂，自己当起了技术员，边学边干。6个月后，张拉生终于研制出高品质的液体菌种。但就在试验付诸实际种植时，他遭遇了致命打击。

液体菌种在实际应用阶段，出现了大面积感染，香菇长不出来，20万棒菌棒只能扔掉，60万元打了水漂。张拉生有些泄气，可想到乡亲们那期盼的眼神，他重新振作起来。一次次试验，一次次失败，直到8个月后，第112次试验，张拉生成功了！他研发的液体菌棒成功投入规模生产，香菇的产量提高了30%，成本降低了40%。

如今，张拉生已经成为远近闻名的"土专家"，他觉得自己肩头的责任更重了。为了推广应用食用菌技术从而帮助更多的贫困群众脱贫致富，他筹建了可容纳100多人的技术指导电子培训室，定期聘请专家到本村讲学，每周组织群众开展常规技术培训，经常往返于县、镇、村之间，义务为菇农提供技术、化解难题，成为菇农们衷心称赞的"娘家人"。

"乡亲们信我，我就要拼尽全力为乡亲们办事。"在张拉生的主导推动下，枣林村建起了总投资1500万元的"食用菌脱贫攻坚园区"和"十里香菇长廊"，年产值实现3750余万元，菇农人均年可支配收入达到8000元以上，同时可实现对全镇80户194名贫困群众的产业扶贫带动全覆盖，每年每人保底增收 1000 元。

乡亲们的日子好过了，张拉生的身子却被累垮了。年仅 60 岁的他已经历经三次脑梗、一次心梗的病痛折磨。但张拉生并没有因此停下脚步，而是一次次坚强地站起来，继续奔走在他热爱的村庄、实验室和脚下的那片土地。

"狗娃"致富记

在吕梁市临县，城庄镇上城庄村的"狗娃"远近闻名。

"狗娃"名叫刘公平，今年 48 岁。前几年，刘公平觉得这个世界不公平。

"狗娃"原也是个爱拼敢干的人。2005 年，察觉到肉猪行情一片大好，"狗娃"果断拿出家里全部积蓄，办了一个养猪场，大大小小养了 100 头猪。本想着大赚一笔，可没承想，一场猪瘟来袭，100 多头猪，死的死，病的病，十几万元一下打了水漂，赔了个血本无归。

"狗娃"觉得上天不公，"别人养猪都赚了钱，轮到我却赔了个精光。"那段时间，镇村干部到"狗娃"家，讲党的惠民政策，做他的思想工作。"现在党的政策好，只要你踏实肯干，还愁过不上好日子？"久而久之，干部的话钻进了"狗娃"的耳朵，"狗娃"的心态开始有了变化。

2019 年，在镇村干部的帮助下，"狗娃"带头成立了香菇种植合作社，在村头盖了 22 个香菇种植大棚，带着 4 户贫困户尝试着搞特色种植。"其实那时候我也没想过要成为致富带头人，就想着还清以前的债，能过上安稳日子。"他说。

干部们看到"狗娃"的转变，喜出望外，决定加大对他的帮扶力度。三天两头派技术员下来指导，水利局还给他们村打了一口深井，保证香菇种植用水。

怎么种好香菇，"狗娃"可有自己的一套"小九九"。那段时间，"狗娃"把全县的香菇种植基地跑了个遍，好技术全都记在了心里。

2019年年底，"狗娃"投资不到30万元的香菇种植合作社收入20多万元。2020年，他把赚到的钱又投了进去，在上年的基础上增加了6棚香菇。规模大了，耗费的心血自然多了不少。现在，"狗娃"更是没日没夜地待在大棚里。"'狗娃'也和香菇一样，彻底长在大棚里了！"村民们开玩笑说。

"狗娃"却满不在乎，心中盘算着："按上年的行情来算，我们合作社总收入也许能达到百万元。"

2020年4月初，临县召开的一场招聘会上，"狗娃"被请去讲了一课，讲的就是自己如何从一个贫困户变成了现在的富裕户，"党的脱贫政策好，缺资金能贷款，缺技术能培训，只要不睡在炕上等，肯定能找到一条属于自己的致富路。关键是咱们要有脱贫的信心和决心，要艰苦奋斗，一定能脱贫致富奔小康！"

现在，"狗娃"又有了新规划，"把棚租给村里的贫困户，我专门搞香菇收购，让贫困户挣钱的同时，自己再赚他个盆满钵满。"

在连李生身上，我们看到了一个中直机关驻村干部的一心为民；在张拉生身上，我们看到了一个普通村干部的自强不息；在"狗娃"刘公平身上，我们看到了一个普普通通农民的自力更生……他们如涓涓细流，汇入中国脱贫攻坚的浩瀚大海之中，为脱贫攻坚提供着源源不竭的动力。

选自《中国扶贫》2020年第14期

"杨秸秆"的扶贫故事

冉钰玮

今天，我们能吃到全世界的食材，但许多食材丢失了最初的味道。西红柿变得皮硬汁少，绵软喷香的土豆成了回忆，黄瓜也少了沁人心脾的清香……甚至，农残超标的事件常常见诸报道。遇见"杨秸秆"令人非常欣慰，因为杨秸秆菜有小时候自家菜园里菜的味道。

带着期待和好奇，我了解到原来"杨秸秆"菜是利用秸秆技术种植的，作物秸秆、稻草稻糠、牛马粪……在秸秆技术中变废为宝，"杨秸秆"菜的叫法就来自这些宝贝。此外，"种菜人"是兰州大学经济学院的老师杨肃昌，因此人们自然地称秸秆蔬菜为杨秸秆菜，杨老师也多了一个名字——杨秸秆。

"杨秸秆"菜不仅是健康蔬菜，还是脱贫攻坚的一分子。

缘 起

2002年，时任甘肃省民革副主委的杨肃昌分管社会服务和扶贫工作，在国家级贫困县——甘肃临夏县，他负责的"扶羊助学工程"取得了良好的成效。自2006年开始，他的扶贫工作重点转向了农业科技扶贫。当时民革中央要求各地民革组织给当地农民传授和普及一种叫作"秸秆生物反应堆免疫有机栽培技术",简称"秸秆技术",以帮助农民脱贫致富。从那时起,杨老师就一直在教学科研之余从事着这项工作。

2012年届满退职,杨老师还一如既往地延续和履行着自己帮扶农民脱贫致富的职责。在兰州大学和经济学院的支持下,杨老师及他的公司在扶贫工作上因地制宜,取得了显著的成效。

杨老师的扶贫工作从开始的技术扶贫,到消费扶贫,一步步推进升级到产业扶贫,使越来越多的贫困户在家门口脱贫致富。

技术扶贫　凝练与提升农民脱贫致富的内在本领

"别人一亩地西红柿一茬产1万斤,你的产1.5万斤,在投入相差不大的情况下那同样的售价你不是赚得更多?别人一斤西红柿卖1.5元,你的西红柿因为口感好无农残一斤卖2元,在投入相差不大的情况下你不是赚得更多?""这些浅显的道理其实大家都明白,可现实中如何能做到既增产又提质呢?"兰州市榆中县农村农业局分别在甘草店乡和小康营乡给全县五十多蔬菜种植大户和农业合作社举办秸秆技术现场推广会,杨老师负责讲授具有世界领先水平的秸秆种植技术。

"杨教授你好,看到你利用秸秆技术种植的蔬菜长势很好,我村村民也想跟你学种菜,特地申请24个棚。我们想让农民尝到科技种田的甜头,带动贫困户脱贫致富,希望您在百忙之中考虑一下,我们期待着……"杨老师已经不记得这是第几次收到类似的短信了。从2006年接触秸秆种植技术至今,杨老师"一对一"帮扶,教一位农民、一个专业户、一个合作社如何用秸秆种植技术种出好菜。有许多农民采用了这一技术并取得了良好的经济效益。杨老师还利用各种机会,尽可能多地给甘肃各地的农民在特色农产品种植方面公益性传授这一技术。

2019年,在他及团队指导下种出的马铃薯新品种——新大坪土豆在榆中县实现大丰收,这种口感香甜绵软的"金蛋蛋"与最初数据相比翻了一番。在2020年春节疫情期间,杨肃昌第一时间以甘肃杨子惠众农业种植有限公司的名义向湖北捐赠了100吨新大坪土豆。

目前正在应用或准备应用秸秆种植技术的农户或合作社越来越多,农民脱贫致富的效益越来越显现。

消费扶贫　把脱贫致富体现在实处

"酒香也怕巷子深"。2017年下半年,榆中县甘草店乡的蔡家沟农户们积极运用秸秆技术种植大棚蔬菜,由于种植面积过大,出现了供过于求,蔬菜积压严重,面临着连本钱都收不回来的可能。

得知这种情况后,杨老师和他的团队立马在亲朋好友、同事同学之间宣传,节假日组织大家参加采摘活动,为了让大家有一个更方便的购买途径,还专门建立了"采摘亲友团"微信群。最初群员主要以兰州大学教职工和医院医护人员为主。群里定期发布蔡家沟有机蔬菜销售信息,大家在群里完成预定和支付。蔡家沟蔬菜就被拉到兰大丹桂园餐厅大门口的台阶上,然后通知大家来取。杨老师和他的研究生们每次都义务劳动到很晚。随着冬季到来,户外取菜和保管难以为继,这时候学校后勤部门及时帮他们提供了一间房子。随着群员队伍的壮大,农户的蔬菜也顺利卖完。

为了满足越来越多的群员对健康蔬菜的长期需要,化解种植有机蔬菜的风险,在杨老师的组织下,群友们自己众筹资金,于2019年7月成立了甘肃杨子惠众农业发展公司,创立了"杨秸秆"商标,利用创新的社区营销模式和有效的配送体系更加积极地帮助销售基地蔬菜,也利用这种营销模式帮助销售各地优质农产品，包括张掖黑小麦面粉、定西新大坪土豆面粉、金昌双孢菇、榆中黑猪肉和土鸡蛋、景泰甘草羊等，帮助农户实现了200万收益。

产业扶贫　让脱贫致富实现可持续性

甘肃杨子惠众农业发展公司以榆中李家庄田园综合体为核心区域，建立了包括榆中县蔡家沟和兰州新区在内的200座温室大棚组成的种植基地，试图通过产业化途径，为农民脱贫致富建立真正的造血机制，使农民增收有稳定的依靠。

就业是最直接、最快速的脱贫途径，产业化发展直接吸收了农村劳动力。在李家庄，以"公司+合作社+农户"模式运作基地的75座温室大棚，解决了30多名农民就业问题，其中建档立卡户有18人。由公司给农户免费提供技术指导和前期投资，同时签订安全生产协议书，严格监督农户按照有机技术种植各类蔬菜，农残检测合格之后，纳入杨秸秆销售体系，公司按高于市场收购价50%~100%给农民结算，从而保证了优质高效农业的发展和农民收入的大幅度提高。在这一生产关系之下，农户们可专心致志地投入生产，以往最头疼的市场销售不用再考虑。实现了贫困户稳定脱贫。

愿　景

"目前，通过秸秆种植技术培育出的蔬果在产供销方面已大有起色，但离产业化、品牌化还有很长一段路要走。"杨秸秆想推动秸秆蔬果朝这个方向走，因为把广大农民留在农村，留在农业生产第一线，同时又能取得不亚于进城打工的劳动收入，既能让更多的农户过上美日子，也让消费者受益。

　　这不仅是关乎农民脱贫致富和乡村振兴的举措,也是关乎人们生活质量和幸福指数的创举,我们许多的消费者,也期待能更方便地吃到健康菜。

高天厚土 流金四合

刘玉婷

汽车行驶在盘山路上。司机付哥说:"看这路,像不像羊肠?"可不,身在车中只觉得左摇右晃,一看导航上的地图就更加明了了:小路盘盘绕绕,一截截几近平行地堆叠在一起,好似用"U"形卡连接,就这么绕了几十公里。

沿着这曲里拐弯的小路,我们走进了甘肃省镇原县庙渠镇四合村。

我们这次来镇原县是为了组织几场阅读推广活动,只停留三天。和在这里开展扶贫工作的同事们相比,我对这里的了解和认识实在太粗浅。但当我离开后,一帧帧画面清晰地映射在我的脑海中。

一

早就听说读者出版集团在对口帮扶的三个村里都建了读者乡村文化驿站,村民们可以在里面借阅图书、农闲小憩,平日我也从一些新闻和相关材料中看到过读者乡村文化驿站的照片。然而,只有身处其中,一些细节才能实实在在地入眼入心,也才能体会到扶贫干部的点滴用心。

读者乡村文化驿站的外观没有太多特别之处,就是农村常见的砖瓦平房,一舍一门一窗,规整质朴。屋内窗上挂着可升降的窗帘,窗帘是乳白色的,上有"读者"企业 logo,质地轻薄平整。四面墙上挂着各式宣传画、海报、邮票，仔细看才发现，这些印刷品其实都有些来头。

一幅名为"愚公移山"的七格连环画海报挂在墙上显眼的位置，海报画风朴拙，印刷也算不得精致，挂在这里，传递出一种粗糙的质感，带着可靠近的温度。图注是这样写的："立下愚公移山志，打赢脱贫攻坚战，迈向乡村振兴路。"海报右下角的版权信息更有意味："上海人民美术出版社，1959年出版，定价0.15元。"

这张60多年前用于宣传的印刷品，在没有电商与发达物流的年代，也许几经转手或赠送、废弃又捡拾，又过了许多年，被一位乐于淘换些老出版物、旧印刷品的出版人收藏，在机缘巧合下，被张贴在大西北这个长久与贫困相伴的普通乡村里，见证一次让几千万人脱离贫困的改天换地的壮举……这样的时间线，如果以镜头快进的方式呈现出来，充满了革命浪漫主义意味。

二

门口挂着一块不大的牌子，上面写着"读者乡村文化驿站"几个字。仔细看，牌子上方还有八个字：高天厚土，流金四合。

镇原县境内山、川、塬兼有，平均海拔1500米，而四合村正位于镇原县海拔较高处，这里据说为陇东黄土高原上黄土层最厚的几处所在之一；村里遍种万寿菊，万寿菊花期很长，花开之时放眼望去，塬上沟里，满眼叠翠流金，美不胜收。

"高天厚土，流金四合"八个字，便因此而来。

读者出版集团的扶贫干部为帮扶的几个村落都提炼了两句话，落笔于读者乡村文化驿站的牌子上。这些语句，全都有依据、有典故、有出处，扶贫干部们讲述起来头头是道。

我特别感动于这个小小的细节。

我还记得自己刚刚进入读者出版集团的时候,一位前辈说过:"我热爱这份工作,其中一个原因,是它让我在柴米油盐之外拥有一个空间,让我觉得生活有无限的延伸感。"

扶贫工作却截然不同,两尺锅台,一丈炕头,时间紧迫,条件艰苦。在这样的环境与压力下,参与扶贫工作的同事们并非机械地照章办事,而是试图给每件事情附加一份美感、牵出一丝余味。正应了那句"脚下沾有多少泥土,心中就沉淀多少深情"。他们改造的,不仅仅是村庄间的道路、村里的院落与房屋、校舍……他们在造一个场,施加一种力,在创造一种能量向另一种能量的映射。

几代人之后,当老人向孩子讲起村庄的故事,当村里的少年去更广阔的地方求学与工作,当乡亲们再回到这里,也许他们会提到这八个字——高天厚土,流金四合。

三

活动间隙,我们去看望李奶奶。

李奶奶50多年前从邻村嫁到这里,她无儿无女,老伴儿去世后,自己独居,守着家门口的几亩薄田过日子。

李奶奶家的小院干净利落,柴房在后院,干树枝一捆一捆扎得仔细,堆得满满当当,前院的角落里整齐地堆放着几把农具,院里散养的"溜达鸡"悠闲地踱着步子,享受着深秋午后的阳光,院里有只大黄狗,长得凶,却不认生,见我们来了,尾巴摇得欢实。

看着眼前这最平常的农家小院图景,我的内心突然翻起一阵不平静。

从小在城市长大的我,对"贫困"这两个字没有什么切身体会,当我远远地想象扶贫的同事们在这里生活、工作的场景时，眼前的图景一片模糊。

但这个午后，当我站在这个农家小院环视院中的一切，我的脑海里终于建立起了这样的图景：这一边的柴房，每两周，里面的柴火要添补一次；小院儿每周洒扫两次，住着才爽利舒心；之前的窑洞不好继续住了，要赶在冬天之前在那边起一间新砖房；今天太阳不错，赶紧晒被子；院外的几亩地该秋收了，下周得多来几个人帮忙，再顺便送些换季的衣服……

太阳底下没有新鲜事，鲜活的，是人的面孔：他们是独居的老人，是留守的孩子，是身患重疾无法劳作的儿子……驻村干部和他们的关联真实地发生着，日复一日，寻常无奇，却充满意义。

从李奶奶家离开时，老人家握着我们的手，眼泪止不住地往外淌："我得病以后，娘家人都没有来看过我，要不是这些孩子……"

告别时，李奶奶的身影越来越远，被斜照的阳光削得更加单薄，直到我们在小路的尽头马上要拐弯了，她还立在小院外面，不肯回屋。

四

镇原县庙渠镇四合村、店王村、六十坪村……村与村之间的小路边，学校的操场旁，村口的枯树下，住户的小院外，随处可见一种花，叫作八瓣梅。

八瓣梅颜色以玫红、白色、紫色居多，花枝细而长，从土里生发出来，不管不顾地往上生长，末端呈现自然优美的弧度，顶上挑着一朵小花，风一吹，一小丛鲜艳明媚的花朵随风摇曳，高低疏密错落有致，灵动调皮。

参与扶贫的同事说，这种花极好活，种子撒进土里，不用特意照管，或早或迟的一场雨后，保管发芽开花，成片生长。因此，驻村的同事们特意准备了好些八瓣梅种子，走哪儿撒哪儿。播种的位置从不刻意去记，之后发现哪里开了花、成片美丽，也不觉惊喜。

美好的事情大抵都是这样，切莫思量，更莫哀，一门心思，两手伏地，怎么收获，怎么栽。

选自《读者》（原创版）2020 年第 12 期

农村分级诊疗的"花都样本"

周 强

2015年8月31日,患有高血压的村民刘杞南前来广塘村卫生站就诊,此次诊疗他共花费32.34元,不过他在药房取药时只支付了1元钱的挂号费。他告诉我们:"如果遇上注射,也只需要交1元注射费,其他费用也全免了。一天之内多次复诊,也不需要再交钱。"

"一元钱医疗"源于广州市花都区从2010年全面开展的"农村卫生站免费为农民治病"工作。每年区财政按户籍人口,以50元/人标准拨付给村卫生站,并由乡村医生包干负责,这一政策共惠及45万农民。

广塘村卫生站是一座两层高的小楼,一楼坐诊看病,二楼供乡村医生夜班休息。一楼设有候诊室、两间诊疗室、注射室、无菌室、敷料室、药房。目前,该卫生站配有两名乡村医生、1名护士和1名药房人员。

"村卫生站实行国家基本药物制度,由两家公开招标的医药公司统一配送。"广塘村卫生站站长刘沛贤说。由于每个乡村医生的用药习惯不同,大多数村卫生站的常用药物在100种左右,主要针对感冒、支气管炎、高血压、糖尿病、肠胃病、风湿等疾病,每天前来找刘沛贤看病的村民有二三十人。提及"免费医疗",村民们点头称赞,认为这是政府惠民的好政策。"小病忍,大病挨,重病才往医院抬。"70岁的村民刘锡容说,"医生就在身边,头疼脑热的小毛病再也不用跑大医院了。"

青布社区卫生服务中心辖有包括广塘村在内的 7 个村卫生站。据该中心副主任黄汝佳介绍，实行镇、村一体化管理后，村卫生站除了负责常见病中的小病，在面对登革热、手足口病等传染病时，需及时向上级医院报告，并协助病人双向转诊，加强了基层医疗机构的上下联动。

为何要设置 1 元钱门槛而不直接免费？黄汝佳说："一是这 1 元可以作为乡村医生的奖金，提高他们的积极性；二是避免有些农民因拿药免费，家里的家禽生病也来拿药；三是控制乡村医生开药，乡村医生开出的药费超出定额，要从挂号费和注射费中扣除，医生才有动力控制药费。"

"治小病可以降低大病的发生概率，反而降低了医保支付成本。"广州市花都区卫生局副局长吴谦说。"一元钱看病"盘活了农村三级医疗卫生服务网底资源，通过分流，减轻了镇、区医院的压力。

"一笔划算的民生账"

2015 年，花都区共有卫生站 196 个，乡村医生总数达 350 人。像普通上班族一样，乡村医生每天 8 时上班，18 时下班，中午休息两小时。两名以上乡村医生的卫生站还需要设夜诊，遇上节假日也照常开诊。

村卫生站还面临必不可少的制度约束和绩效考核。与其他村卫生站一样，一本由区卫生局统一印制的 A3 纸规格大小的"诊疗日志"放在刘沛贤的诊台上。日志上面记有来此看病的村民的记录，包括姓名、年龄、用药量和联系电话，以供上级医院检查。

"每年花都区都会对卫生站进行考核，考核得分与乡村医生的补贴挂钩。考核内容涉及处方质量、补助经费使用情况、村民满意度、合理用药等多个方面。"黄汝佳说，"以补助经费使用情况为例，考核细则明确要求，药材支出率（年药材支出占年补助经费的百分数）达 80% 以上。"

刘沛贤就此算了一笔账，以广塘村7500人计算，一年的药品耗材费为37.5万元，每月约3万元，这意味着每天支出在800元至1000元之间。

为加强监督，规范诊疗，花都区还特别新聘了23名专职人员。危燕红是青布社区卫生服务中心的专职人员。据她介绍，专职人员的主要工作是审核村卫生站购药计划，每月抽查处方、药品购入支出情况，以及核实享受免费治病村民的信息，确保免费治病工作得到有效监督。

"多年的实践证明，医疗成本是可控的，每年药品耗材的经费使用率在85%左右，实际支出1800多万元，再加上管理经费，整个工作投入需3000多万元。"广州市花都区卫生局局长曹扬说，"2014年花都区财政收入69亿元，支出占比4.35‰，投入不大却带来了较大的社会效益和经济效益。"

花都区多位干部表示："与广州市的越秀、海珠、天河等区相比，花都区的财政收入并不高，试点时区财政收入才30多亿，花都区能在农村推行'免费医疗'，不在于制度设计多复杂，不在于财政投入有多大，而在于政府是否有决心让人民分享改革红利。"

"分级诊疗的关键是要激发老百姓去基层医疗机构的意愿，花都区'一元钱看病'的政策对基层首诊就有较大的吸引力。"长期关注医疗体制改革的全国人大代表李永忠调研后认为，"中国去年财政收入已达14万亿，如果以50元／人标准拨付，按13亿人口共计投入650亿，占比4.64‰，比起过度医疗带来的巨额负担，'花都样本'是一笔划算的民生账。"

当好乡村医疗"守门人"

2015年以来，国家大力推进分级诊疗制度建设，并要求到2020年形成"基层首诊、双向转诊、急慢分治、上下联动"的分级诊疗模式。

提升基层医疗服务能力尤其关键。花都区"一元钱看病"的政策盘活了村卫生站医疗和卫生服务资源，发挥了乡村医生的村民健康"守门人"作用，也对我国分级诊疗体系建设具有启示意义。

一是对村卫生站进行标准化建设和规范化管理。此前花都区卫生站的管理现状大多以乡村医生承包为主，村民就诊服务收费混乱、疗效差、服务态度差。乡村医生整体素质参差不齐，无证行医的现象普遍存在，村民投诉呈日益上升趋势。为此，花都区打破村卫生站的旧有管理体制，通过实行镇、村医疗机构一体化管理，让卫生站回归公益性。

二是加强培训，提升乡村医生的专业素质，稳定农村医疗队伍。为了解决乡村医生整体素质不高的问题，花都区拨付"乡村医生专项培训经费"，要求区、镇两级医院必须对乡村医生展开理论和临床实践培训，其中区级医院培训不得少于50个课时，镇卫生院例行培训不得少于150个课时。团结村卫生站的乡村医生刘锦贤说："通过培训让我更新了知识，掌握了登革热、高血压、糖尿病等疾病的临床技能。"

此外，花都区通过"乡医入编"的方式，解决乡村医生的"单位人"身份。目前，花都区通过公开招聘大专以上学历临床医学专业毕业生，纳入所在镇卫生院事业编制管理，在镇卫生院门诊培训一年后，充实到各村卫生站。

三是充分发挥村卫生站在慢性病管理中的作用。当前，我国高血压、糖尿病患病率高，患者覆盖面广，今年国家卫生计生委已启动高血压和糖尿病分级诊疗试点工作。花都区的农民中，糖尿病患者已达9000人。为此，花都区对全体乡村医生进行专项技术培训，村民可以到村卫生站定期免费检测血糖波动，并及时给予控糖药物进行观察与治疗。比起社区医院和镇卫生院，村卫生站布点更广泛，乡村医生与村民的接触更密切，村民也更愿意就近去村卫生站。

  四是推进农村卫生站信息化建设。从2009年开始，花都区投入390多万元为各村卫生站建立了乡村医生工作系统。实现了卫生局、镇（街）医院、村卫生站的互联互通。同时，各镇医院（卫生院）还对乡村医生开展培训，不断提高乡村医生的电脑操作水平。曹扬认为："村民在村卫生站就诊，就能够建立统一模式的电子健康档案，为双向转诊提供了信息基础。"

选自《读者》（乡土人文版）2015年第12期

山中自有"黄金屋"

周 勉

茂密的树叶把刺眼的阳光过滤成了太阳花儿,柔柔地洒落在杉树林下,这是喜阴的魔芋最喜欢的环境。在湖南省怀化市会同县地灵乡的深山中,当地老百姓通过在林下种植魔芋,找到了摆脱贫困的"黄金屋"。

我国大部分贫困人口,分布在山区、林区,这些地区既是我国生态文明建设的主战场,也是脱贫攻坚的主战场。如何在保护好生态的同时,又不让老百姓吃亏?发展林下经济成为一个首选答案。

前年,村民肖本华成立的种植合作社吸纳了十多个贫困户为他打理照料分散在不同树林下的一千多亩魔芋。最近一段时间,他每天都会骑着摩托带着现金,穿梭于地灵乡的几个山头,为农户结算当天的工资。

在其中一片林子里,40岁的杜美香正和姐妹们把做种的魔芋根茎埋进树下垦好的土里。两年前,杜美香一家五口的年收入不到1万元。去年,她不仅从肖本华的合作社拿到种植魔芋的一万多元工资,还通过在当地的魔芋加工厂打工,另外又挣到一万多元。得知记者的采访意图,忙碌的杜美香开玩笑说道:"你来晚了,我已经脱贫了。"

森林覆盖率超过72%的会同县,种魔芋吃魔芋的传统已经延续了上千年。但过去人们只是在房前屋后零星种一点,吃不完的才拿到集市上去卖,从未想过把它做成一个产业。几年前,种植户邓云辉借钱办起了全县第一家加工厂,短短两三年时间里,魔芋豆腐、魔芋零嘴、魔芋面条等各种五花八门的产品都卖到了日本、新加坡。"会同全县魔芋的种植面积已经超过3万亩，光是种植环节每亩收益就能达到8000元。"邓云辉说，目前他正和一些科研院所合作，研发魔芋面膜。

在邵阳市隆回县，郭葛的养殖场依山而建，每间猪舍的围墙都开了一个洞，好让藏香猪能随时钻到山上"撒欢儿"，而几千只"走地鸡"也全部散养在林子里。

2017年10月，郭葛参加了湖南省扶贫办组织的脱贫培训，在众多的科目中，他选择了林下养殖。勤劳本分的他回来后不仅举债建了养殖场，还通过自学掌握了如何将畜禽粪便处理成有机肥来实现种养循环，几乎每天都会通过电话和微信请教当时授课的老师。

尽管还未掘到自己的第一桶金，但在政府和老师的帮助下，郭葛在兽医保健、对接销路方面已经做足了准备。"到今年冬天，我的'钻山猪''走地鸡'就可以卖钱了，一切顺利的话，一年能有20多万元收入。"憧憬着未来的郭葛还特意在养殖场门口手写了一副对联——"用良心养殖健康食品，让真诚感动各方客户"。

山林不仅像肺一样，给人们吐纳最新鲜的空气，也像一个聚宝盆，蕴藏着各种实实在在的财富。在湖南山区，除了种魔芋搞养殖，采菌子、开办林家乐、种植药材和蔬菜等林下经济模式正将生态和生存的矛盾化于无形。

根据湖南省林业厅统计，2017年全省共拿出超过2000万元专项资金扶持了109个林下经济项目，其中安排贫困县市区扶持项目近50个，并创建了30多家"服务精准扶贫国家林下经济及绿色产业示范基地"，总产值达到数百亿元。大量曾经仅仅依靠每亩几十元生态公益林补偿的山区农民，终于在守护绿水青山的同时，守来了自己的金山银山。

选自新华社长沙2018年5月9日

孩子，是每一片土地的希望

朱黎明

尔金是个男孩子，今年12岁了，在村部下面的小学上六年级。记得两年前第一次见到他，不知怎的，脑海里立马浮现出鲁迅笔下的少年闰土的形象，常年的风吹日晒，也是圆圆的、紫红色的脸。

尔金的家在距学校两公里外的另一个自然村，父母在省外不同的城市务工。他和爷爷奶奶一起生活，家里还有一个比她大两岁的姐姐——尔玉。这是个命运多舛的女孩儿，四五岁时，右脸不慎被盖牛棚的彩钢顶边缘划了一道深及嘴巴的口子，这次意外留给尔玉的不仅是一条10公分长的疤痕和轻微的语言障碍，还有心灵上难以抚平的创伤。她的奶奶每谈及此事，言语中总是充满愧疚："再辛苦几年，攒些钱，等娃大些了，带她去好医院，做个整形手术。一个女娃，往后还要嫁人……"老人哽咽着，用袖口擦去眼角的泪水。

姐弟俩都很聪明，爱读书。村上的"读者乡村文化驿站"建成后，每逢周末，他们总是约三五伙伴儿，带着爱吃的零食来看书。尔玉和大多数女孩子一样，捧着校园文学、魔幻类读物，在一旁安静地看。尔金精力旺盛，读书的品味有些特立独行，他更偏好中国古典文学和文言类书籍。遇到不认识的生僻字，尔金总是风一般地跑到我房间来求助，我好几次被问住，不得不求助网络来查询，告诉他读音、释义。有时话还没说完，他又一溜烟跑了，留下我一个人怔怔地望着他渐去的背影。

六一儿童节，三位大学同学出资，委托我给村小学的孩子们送一些绘画用品。在这次简单快乐的捐赠活动上，我见到了姐弟俩。

"最近周末怎么不来看书了？"

"家里农活多，要帮爷爷奶奶干活。"尔金答道。

"是片苜蓿（作者按：当地方言，即"割苜蓿"的意思）吗？"我问。

"嗯，过段时间还要收麦。"尔玉抢着说道。

我知道，姐弟俩每天放学步行半小时到家，做作业、放羊、铡草、喂牲畜，就是他们的日常。与远在他乡的父母视频，是他们一天中最快乐的时光。和城里娃一样，他们也是家里的宝贝，但生存环境和现实的生活，让本应在父母怀里撒娇的他们，承受着这个年纪本不该承受之重。

值得欣慰的是，今年秋季开学后，村上的小学将阅读课排进了课表，孩子们每周会在"读者乡村文化驿站"上一堂固定的阅读课。这意味着姐弟俩又有看书的时间了。

让贫困地区、贫困家庭的孩子爱上阅读、接受良好教育，是阻断贫困代际传递的重要途径，也是他们走出大山、改变命运、实现理想的必由之路。

尔金、尔玉至今难忘的，是7月甘肃少年儿童出版社党支部和店王村党支部共建活动中，甘少社资深美术编辑杜老师为店王小学二十余名学生上的那堂生动的美术课。由于物质条件的匮乏，贫困山区的孩子没有发展兴趣的机会，但这丝毫不影响小家伙们挥洒自己的灵感。课堂上，姐弟俩欢快地拿起画笔，画萝卜、画白菜、画西瓜……他们的天赋不比城市的孩子差，只是缺少培养兴趣爱好的土壤。

下课前，杜老师别出心裁地要求孩子们画一个"自己"，并为"自己"

涂上颜色。

　　9月，又是一年开学季。尔金升六年级了，尔玉从小学顺利毕业，去了镇上的寄宿制中学继续学业。多年后，当尔金、尔玉翻出那张"自画像"，凝视童年时的"自己"，会是怎样的心情？当年的小小画笔，如今是否已经描绘出了心中大大的梦想？

　　几声犬吠，几缕炊烟，装饰着乡村静谧的夜。新装的太阳能路灯，像深邃夜空中最亮的星，如期而至，点亮了乡村振兴的希望，照亮了致富奔小康的幸福路。如梵高笔下的《星空》，无尽绚烂。

　　孩子，是这片黄土地的未来和希望！

选自《读者》（原创版）2020年第12期

一棵风中的树

王 芳

一

上元节一过，春节也就过去了，一切热闹绚烂皆归于平静。

我没有想到，正月十六晚上按响门铃的，会是琛。以她往年行事之风，无论如何也会赶在春节前来看我，最迟也不会超过上元节。

这一次，琛的身边多了一个男孩，高大，文气，笑容温暖。琛一进屋便说，其实应该早来的，可是村镇的工作变数太多，常常令人措手不及，一拖，竟迟了。

琛还是老样子，短发、微胖，弯月一样的眼睛，很亮，穿列宁装外套，用宽屏手机。只是，她的笑容里，明显少了阴霾，多了明丽。她在沙发上坐定，和我聊天。

琛今年二十六岁，北京大学哲学系硕士研究生毕业，从未名湖畔博雅塔下，来到田间地头烈日狂风之中；从繁华的北京，来到广阔肥沃的黄土地上；从一群意气风发要在世界闯出一番天地的青年里，走到埋头苦干挥汗如雨的农民中间，琛要经历多少犹豫、徘徊？脱离自己擅长的学术，做一些实事，又要有多大的勇气！身为优秀本科毕业生的她，同时获得北京大学、清华大学和人民大学研究生保送资格，研究生毕业后，又被北京一所高校录用，每一个认识她的人都没想到，最终她会选择回到家乡，到她并不熟悉的农民中间，做一个大学生村官！

二

我不禁回想起这许多年陪她一起走过的岁月。

琛读小学四年级时，我正读大学，迫于生计，我利用周末去市里做家教。琛的母亲说，无论如何，请你挤出时间来，教教我的琛。

若干年后，我依然清晰地记得我当时的惊讶与不安。因为琛的聪敏远近闻名，而她母亲把全部的精力都放在培养女儿上，这已经成为众所周知的事。我尚未有过教学实践，要我教她，实在是一件极冒险的事，不知这位母亲何以相中我，又何以在长达十七年的交往中，一直对我抱有极大的信任。

第一次去她家，她母亲准备了整整一果盘的糖果，花花绿绿的糖纸令人目眩神迷。我竟然一边看她的作文，一边吃着软糖，吃了近一半，剥了一桌的糖纸！

她回来看到那些糖纸作何感想我不得而知，但她推开门进来的模样我至今依然记得。风，随着她推开的门进来，将她包裹住。她比同年龄的女孩明显要高些，也壮实些，穿着厚厚的长袄，短发，朝我微微笑了下，问她母亲，是您说的王老师吗？她母亲在厨房里回答，是的。我站起来朝她微笑，她也微笑着叫道，王老师好！我说，你好，我看了你所有的作文。她很惊讶地看着桌子，桌子上有她的作文本，和一大堆糖纸。

我们长达十七年的交往从此拉开了序幕。

因为是市里最好小学的大队长，她经常在各种场合发言，几乎所有的发言稿，她都会请我过目。有时为了一两个词语，有时为了稿子更富文采，她都会反复征求我的意见。渐渐地，她的演讲口才受到了老师的重视，她代表学校参加各种级别的演讲赛、作文大赛，捧回各种奖杯。而她的成绩居然并未受此影响，依然名列前茅。

除了我，所有人都只看到她的光鲜、优秀，而没有感受到她的隐痛。她并不能集中精力做事，给她上课，她总是一会儿喝茶，一会儿上厕所，一会儿吃零食，一会儿又干别的。每一篇要求完成的作品，都是在最后时刻赶着完成，完成后她也不喜欢精益求精，而是丢给我去斟酌。更要命的是，她与她母亲的冲突非常激烈——知女莫若母，这些缺点，怎么会是母亲愿意看到的呢？

北京申奥成功的时刻，我就与她在一起。不过那时，她已经是初中生了。其间，我们失去联系一年，她母亲辗转许多人才找到我。再次见到我，她兴奋不已，拖着我看申奥，当国歌奏响，五星红旗升起时，她在荧幕前站得笔直，跟着高唱国歌。那时我便隐隐感觉到，虽然一直处在叛逆浮躁的状态，但某些骨子里的东西决定她最终将走向她该走的路。至于这条路到底是什么，以我的见识，尚难以设想。

有一段时间，她几乎不能与她母亲相见，一见面就是母亲指责她，她反抗，严重的时候两人像两只斗鸡，竖起每一根毛紧盯对方，一分不肯相让。有一次，她母亲要求她在家将即将参加比赛的演讲示范一遍，她示范时出现了小的错误，神态也显得不屑一顾，母亲对此忍无可忍，拿着荆条来抽她，她顺手抄起一把椅子就扔向她的母亲，幸亏我及时接住。

三

如此步履维艰地又走过许多时光，直到她进入大学。她母亲常说，大浪淘沙，留在河床里的是金子。本科与读研的七年，她依然坚持她的特长——演讲和写作，只是身上的浮躁之气已经渐渐褪尽。我每见她一次，都能从她眼神里明显感受到她的成长。比如，她的稿子渐渐也可以不需要我的修改便直接拿上台去，并赢得满堂喝彩；她对待母亲，不再事事反对，多半时候是体贴与理解；她喜欢看的书渐渐趋向于社会科学，而她做的社会调查也越来越关注当下普通人的生存状态。

尽管如此，还是没有人会想到，一个如此优秀的女孩会甘心回到家乡的农村做一名大学生村官。她母亲倒是坦然——相比那些人人都争着抢着去的地方，我更愿意她回到土地上，扎根于土地深处。这样，正好可以去除知识分子的孤高自许，培养起对土地的热爱，要知道，土地才是我们真正的根。

她这一去就是将近三年。有好几次，我与她相聚，说话到晚上十点，还有村人打电话来。她电话一接就至少半个小时，与乡人说话非常和气、耐心，直到完全解除对方的疑惑为止。要不是她眉宇间的那股英气和她在大众场合说话时脱不掉的书卷味，谁也不能把她与一个北京大学哲学系的研究生联系起来。

她的微信背景用的是去年抗旱时穿的一双沾满泥的雨靴的照片，因为要深入大地深处才知道大地的苦难。那天，她冒着烈日走了二十多里路，全是晒得开裂的田地，偶尔还有湿处，便沾了泥；而她的微信图标，用的则是她伸出去要抓住蓝天的双手的照片，这双手还是那么白皙，是她最美的青春标志。

我问琛，在边远的乡村，根本用不上你读研时的知识，你后悔吗？

她笑了。没有一样知识，是表面上用得上的，但是，没有那些知识，我做不到今天的笃定。就像风每天摇撼着树，表面上看去，树应该很快被摇光了叶子，甚至倒下，但树不是花，它有伸入土地深处的根，给它输送着令它稳固的养分。

　　那个男孩也笑了。因为她是树，风吹不走她，所以她闯进了我的视野。

　　我们习惯把女孩儿称作花，美丽、芬芳，却脆弱，一夜风雨，便可使其凋落成泥。为什么不能是树呢？琛说，我要做，便要做一棵在风中摇曳的树，也美丽，也芬芳，更可以经冬历夏，始终坚定地站着，站成一道风景。

选自《读者》2014 年第 16 期

一个第一书记妻子的"驻村日志"

田步艳

宝宝刚满40天时老公婚后第一次彻夜未归,也就是在那一天,我第一次听到驻村这个词,从那天起,我开始慢慢了解熟悉老公的驻村工作,而就在那一天,老公正式开始了他的驻村生活——村里吃,村里住,村里工作。每逢假期,我都会带上宝宝来村里和老公团聚,村里成了我们一家三口的团圆之地,她让我有了家的感觉。

从2017年9月到今天2020年8月,整整三年了,宝宝从嗷嗷待哺到马上入园,这三年,老公都在村里工作,每逢寒暑假,我都会带上孩子陪老公在村里一起度过。三年五个假期,每个假期45天,加上五一、十一等假期,我驻村的日子已两百有余……

在这陪老公驻村的日子里,我也渐渐地了解和熟悉了驻村工作,也认识了同在一线的驻村工作人员,以及村里的一些农户。

驻村

周一离家周五回,

声音未改肤已黑。

夫妻相见不相识,

笑问黑蛋你找谁。

我身高不足160厘米,体重不足90斤,是个教师,学生都喜欢称呼我 Miss 田，同事习惯简称小田。我是一个普普通通县城长大的姑娘，上过大学，读过研究生，2015 年硕士毕业后，遵从家人的意愿回到了家乡，在母校成了一名人民教师。

婚前，我和所有姑娘一样，对爱情、婚姻有过美好的憧憬和期盼，以为婚后如童话故事里经常听到的从此王子和公主过上了幸福的生活……殊不知宝宝刚满月，老公就被选派去驻村了，从第一次听到"驻村"这个词，紧接着就是"贫困户""精准扶贫""脱贫攻坚"等一系列跟扶贫有关的词。没想到的是，后来我还亲身实践了这些词。

我的丈夫祁先生 2012 年从广州大学毕业后，参加当年的大学生志愿服务西部计划回到家乡，服务期满后分配到县上工作，2015 年开始在单位一直负责扶贫工作，2017 年担任驻村第一书记兼任驻村工作队队长。

驻村工作队是国家为更好地打赢脱贫攻坚战而从县直以上机关单位、企业选派的一批年轻干部，每个工作队一名队长，两名队员，工作队的职责是辅助村委会和乡镇府工作，处理好村里的日常事务，一起打赢脱贫攻坚战。

那么究竟什么是"精准扶贫"？精准扶贫是粗放扶贫的对称，是指针对不同贫困区域环境、不同贫困农户状况，运用科学有效程序对扶贫对象实施精确识别、精确帮扶、精确管理的治贫方式。一般来说，精准扶贫主要是就贫困居民而言的，谁贫困就扶持谁。就我看到的来说，"精准扶贫"就是帮助那些真正需要帮助的老百姓。

我有这个领悟可不是睡在自家炕头一觉醒来就觉悟了，那可是三年来，利用每个寒暑假，陪着丈夫在村里扎扎实实驻村得来的。

从 2017 年到 2020 年，每个寒暑假，我都会带上宝宝来到村里，粗略估算来，加上五一、十一等法定节假日，我"驻村"的日子已 200 天有余，不是扶贫人，胜似扶贫人。

　　2018年的暑假，我带着不满一岁的宝宝首次来到了丈夫驻村帮扶所在地。初到村里，我是既新奇又失望，新奇的是驻村扶贫是一种不同于教师的职业，从服务对象来说，驻村干部每天面对的是普普通通的老百姓，而教师每天面对的是充满朝气的少年。从工作时间来说，高中教师的工作时间朝七晚九，较固定；而村干部的上班时间由老百姓来办事或找你解决问题的时间来决定，有时夜里刚睡下又被叫醒去调解纠纷。所以，要说村里的工作啥时候是下班时间，依我看啊，百姓啥时候脱贫致富，安居乐业了，乡村振兴了，驻村工作才算真正结束。

　　可为什么又失望呢？盼星星盼月亮一样的迎来了假期，终于可以带上宝宝和老公团聚了，谁知来到村里，老公依然忙的不可开交，根本没时间陪宝宝和自己，我不由得一肚子委屈。起初，我并不理解丈夫，为此，还和丈夫闹不愉快，一气之下竟独自抱着宝宝离开了村里。初次陪丈夫驻村竟以失败告终。

　　除了丈夫总是在忙，无暇顾及我们之外，村里的客观条件也不容乐观。记得丈夫初到村里，村里还没有自来水，要到农户家去提水。我来村时，丈夫驻村几近一年，村里通了自来水，但那水堪比黄河水，每次接水都是先用个桶接满后，澄着，等到水用完后，桶底竟是厚厚的一层泥沙。

　　丈夫刚去村里时，只有一间既是办公室，又是厨房（还要做饭），又是卧室的宿舍。我去村里时，村部已经修建了几间彩钢房，作为厨房使用，这下，总算有地方可以做饭了。为此，丈夫和其他驻村队员高兴了好一阵子。

　　而驻村干部不但要解决自己的吃饭、住宿问题，更要让村里的贫困户不愁吃、不愁穿，真正做到"两不愁"。

在村里，除了吃饭，住宿不方便，更不方便的是没有厕所，野外如厕，或去附近农户家的厕所，村里的这些客观生活条件也令我失望和不适应。带着不适应、不理解，初次到村没过多久，我便离开了村里。

转眼一个学期就结束了，寒假又来了。我带着一岁多的宝宝再次来到了丈夫所在的村子。与暑假不同的是，天寒地冻，自来水水管冻住了，水桶也结了冰，要吃水只得把水桶搬到火炉旁烤着，直到冰融化了。上厕所依旧是野厕，与暑假不同的是，冬天在野外上厕所真的很冷。

天呐，条件咋比暑假还艰苦了呢？正当我打算再次打道回府时，村里两个学生家长来到村部找小田，"听说你是县城来的英语老师，能给我们的两个娃娃辅导一哈英语么？他们的英语可差了。"望着他们一张张冻红的脸，一双双渴望的眼神，我决定留下来，这一留，就是整个寒假。后来，村里还有几个学生都闻讯而来，学起了英语。

从事起老本行，我的脸上渐渐多了笑容，同时，在和村里学生教与学的互动中，我渐渐发现，村里孩子的英语是真的弱，发音不准确，带有明显的方言。还有就是村里的教师情况：村里只有几个老师，还都上了年纪，年轻老师仅有两名，高学历的老师更是没有。

自打给孩子们辅导功课那天起，我不再想着走了，人也勤快了，每天除了辅导功课，还主动给丈夫和其他驻村队员做饭，新修建的厨房正式启用了。村干部们都夸丈夫好福气，娶了个好媳妇。小祁心里美滋滋的，道出了一句："扶贫路上有你作陪，我不孤单，我不累！"

时间过得很快，一转眼来到了2019年。到了假期，我带上快满两岁的宝宝第三次踏上陪丈夫驻村的扶贫征途。2019年的暑假，我除了像上个假期一样，给村里的孩子辅导功课，还跟随丈夫开始入户，深入了解村情、民情、户情，和丈夫一同协商制定符合"三情"的"一户一策"方案，通过深入农户了解贫困的真实情况，我开始逐渐了解和理解扶贫到底是怎么回事，精准扶贫到底要干什么了，也终于理解了丈夫这个驻村第一书记的工作。

早起摘菜是我在村里的日常，村部的左邻右舍在和我熟悉后，一开始是村民自发的送菜，后来干脆说："你喜欢吃啥就去园子里或在家门口摘"。在村里，可不是谁都有这等待遇，摘菜成了我在村里的一大乐趣，吃着纯天然的农家蔬菜，心里美滋滋的。

除夕前两天，村部隔壁的高姨和她的妯娌对我说："你过年要是不想回去，来我们俩家过年，我们啥都做好了。"我一口答应了，说："好！"除夕下午丈夫放假了，我就和丈夫一同回了家。正月里，返回村里时，两位高阿姨看到我乐呵呵地说："年三十晚上，我们以为你们不回，来给你们送吃的，发现村部院子灯没亮着，才知道你们……"那一瞬间，我眼睛湿润了，被村民的这一份乡里乡亲彻底打动了……当时我在心里对自己说：来年我一定在村里和大伙一起过年。

一转眼来到了2020年的夏天，大家仍都居家隔离，然而，身为驻村干部的丈夫并没有"居家"，他把在县城购买的酒精、口罩、消毒液全部拿到了村里。他和镇政府的包村干部以及村组干部们依然坚守在村口，进行着"劝返与隔离工作"。2020年也是我国全面建成小康社会，脱贫攻坚取得决定性胜利的一年，在脱贫攻坚收尾的关键时刻，我决定再助丈夫一臂之力。

2020年暑假，我不但跟随丈夫入户，再次深入贫困户，而且积极参与村里的矛盾纠纷调解工作，以及与镇政府的包村干部积极合作，并肩作战，一起为打赢脱贫攻坚这场硬战贡献自己的力量。

这是我第五次来村，这次来：村里的水也清澈了，电也稳定了，不会再因为刮风下雨就随便停电了，村民们的新房一幢幢的建起来了，村里的柏油路也多了，丈夫偶尔也拉着我和宝宝在村里的柏油路上压一压马路。

这次来，村里每隔不远处就有一个绿色的垃圾箱，村民由以前不知往哪倒垃圾以致到处乱倒垃圾至今日的自觉投放到垃圾箱。更令我惊讶的是，村部居然修建了厕所，入户时，我发现好多农户家都修建了厕所，而且有的还是水厕。这下让我更加不再畏惧来村里了，因为在村里最尴尬的一件事总算解决了。

傍晚时分，我带领着村里的妇女们跳广场舞，锻炼身体的同时，丰富一下村里的娱乐生活。

看到总书记挂念的"两不愁，三保障"总算有了着落，我由衷地为党和国家有如此宏伟的举措而点赞，更为丈夫这一算不上官，却能实实在在为百姓办实事，解决群众切实面临的生活困难而点赞！

当年我们结婚时，丈夫选择用骑行这种绿色、低碳、环保、快乐、新奇、浪漫的方式来迎娶我，这让我想起一首名为《自行车》的诗：君不见那前轮和后轮／无论前轮走到哪里，后轮就到哪里／只要在一起！

就是怀着这样的心情，我跟随丈夫驻村已有三年。在这三年中，宝宝也从一个嗷嗷待哺的婴儿成长为一名茁壮成长的儿童。从胎里跟着父母在乡村进行胎教到出生后半岁开始被母亲带到村里随父亲开始自己学龄前的驻村生活，一驻就是三年，学龄前的整个岁月都"奉献"给了祖国的扶贫事业，同时也在国家扶贫工作如火如荼的开展中逐渐地成长为祖国明天的太阳。

且持梦笔书奇景

杨 逍

甘肃省张家川县马鹿镇宝坪村位于张家川县东部，在省道305公路沿线，地处关山交通要塞。自然风景秀丽，林木植被保护完整。宝坪村人勤劳朴实，崇尚礼义，热情好客，是一个回汉杂居村。经过多年的艰苦努力，村里的水、电、路、治安、计划生育、土地流转等疑难问题得到解决，形成路不拾遗、夜不闭户的新乡风。宝坪村人在关山深处谱写了一曲天翻地覆的时代奏鸣曲。

孤儿、公务员、21岁当书记、致富能手、有一个新疆哈萨克族美丽贤惠的妻子，这是村支部书记王小红的个人标签。王小红是个孤儿，从小走南闯北，20岁的时候，他在新疆认识了漂亮、贤淑的阿勒泰市哈萨克族姑娘帕其古丽，因为爱情，19岁的帕其古丽不顾家人反对，跟随王小红来到了宝坪村。面对贫困的生活现实，两人谋划了一番，便在村里开了一个小卖部，同时收购中药材和各种山货、野菜，逐渐发展到收购、贩运粮食，承包一些小工程等。

经过多年的打拼，王小红一跃成为马鹿乡家喻户晓的小老板，成了村民眼中的成功人士。担任村支部书记后，王小红深知宝坪村发展的优势和不足：虽然地处偏远，却有省道沿村而过的便利交通；自然条件差，却有世外桃源般的青山绿水、天然牧场；地薄人稀，但人均占有耕地较大。

鉴于这种情况，王小红结合村情实际，确定了发展种植、畜牧和劳务输出三大产业相结合的发展思路，推行党员示范户和农户结对帮扶的措施，有层次地帮助村民增收致富。

"我们是农民，以田为生，土地是我们的根本。"宝坪村的地理环境、气候条件，极适宜发展药材、马铃薯种植。2013年春，王小红经过多方联系，带领部分有经济能力、有致富想法的村民赴平凉市华亭县马峡镇参观、调研了他们的中药材种植，虚心请教专家，将马峡镇与宝坪村的自然环境做了对比，当机立断，引进了适合宝坪村种植的独活种苗300万株，在后沟组集中连片种植中药材300亩，当年就获得了大丰收。王小红利用之前的客户关系，将中药材销售一空。拿了钱的村民喜在心里，而那些持有观望态度的人，也纷纷来找他要求种植。2014年，在总结了种植中药材成功经验的基础上，村里在东山梁集中连片种植以独活、牛蒡为主的中药材800亩，在村民的精心管护、悉心劳作下，药材长势喜人。如今，中药材种植已经在宝坪村形成了一定的规模，成了宝坪村农民增收的重要产业之一。

"栽下梧桐树，引来金凤凰。"村上又陆续建成了大型养殖基地和青贮草加工厂，三厂连立，形成了全县首个农村"工业园区"，使得宝坪村的畜牧业由原来小打小闹的松散状态，逐步形成规模。宝坪村利用项目扶持资金50余万元，组建成立产业发展扶贫互助协会，使畜牧业成为增收的支柱产业。全村规模养殖户多达30户，畜牧业收入占到群众人均纯收入的50%以上，全村畜牧业年收入达80万元。

2012年，宝坪村被确定为张家川县新农村建设示范村。针对项目投资资金短缺、群众承担能力不足等困难，村上建立了五年发展规划，确定了以农家乐为主要发展方向的安置点建设模式，确立了突出特色、项目支撑、因地制宜、分步实施、协调推进的工作步骤，计划在四年内全面完成全村搬迁。

根据政策导向，宝坪村将新农村建设与易地扶贫搬迁、危旧房改造、"一事一议"财政奖补项目、扶贫项目等有机整合。充分调动群众建设新农村的积极性，吸引群众参与热情，采取前期调研参观论证、主导产业定位、村民会议商议的办法，以新农村建设、村容村貌治理、基础设施建设为主要内容，掀起了新农村建设热潮。对占用土地的农户在院落安排和补助政策上给予适当优惠，既满足了少数占地农户的要求，又降低了其他群众的投资成本，迅速打开了新农村建设的工作局面。总投资1454.77万元的新农村分四批实施完成，并配套建设了农民休闲娱乐文化广场、卫生室、老年活动室、敬老养老中心等，共搬迁村民62户，390人受益。同时，老村庄也加强了基础设施建设，完成了小巷道硬化、新农网改造、安全饮水工程、广场建设、河堤治理工程、太阳能路灯、绿化美化亮化工程、院落硬化、太阳能热水器工程等。2016年年底全面竣工时，全村实现了住宅楼房化、家居花园化、生活市民化，成为全县新农村建设的示范点。红瓦白墙绿树间的宝坪村人"花园式"新家，成为关陇古道上一道靓丽的风景线。

在精准扶贫帮扶下，宝坪村一跃成为张家川县的脱贫进步示范村，为全县人民瞩目。然而一些特困户因为自身等多方面的原因，生活仍然十分困难。4组村民麻度度是特困户里的第一个受益人。村支部书记王小红自觉担当保人，动员党员干部为他筹钱，协调他的亲戚友人给他借钱，协调互助社为他贷款，并争取特困补助项目为他统筹。经过多方努力，麻度度在学校附近的新农村中有了自己的新家。另外，王小红还请畜牧专业户为麻度度讲解养羊经验，培育新品种，使他的羊群发展壮大，一家人解决了吃饭问题，生活水平大大提高。

村"两委"于2014年成立了"产业发展扶贫互助合作社"，鼓励需要贷款的群众自主为互助社注入基金，为村民发展谋划出了一条新的帮扶模式。互助社共发展会员69户，注入新的资金11.1万元，为21户相对困难的群众购进基础母牛100头。不但扩大了群众受益面积，而且解决了部分群众贷款不还的后顾之忧。

对于未来，宝坪村人还有更宏伟的蓝图：修建一个到山上的人工城墙，山下建一个鱼塘。城里人厌倦车水马龙的繁杂生活时，可以来"四季有绿、季季有花、雨不见泥、风不起尘"的宝坪村钓鱼、爬城墙、吃农家饭。

宝坪村人脚下的路，会更远更宽。

选自甘肃科学技术出版社《陇上百村纪事》一书

在雪域高原打通生命通道

张津津

2018年7月,进入雨季的拉萨,雨水"任性"地下。21日,古城拉萨又在淅淅沥沥的小雨中迎来了新的一天。这天是周六,于亚滨没有休息,像往常一样到医院加班,"还有几个月我就要回北京了,我要尽快和本地同事确定下来医院未来5年的发展规划。"

为充分发挥首都医疗资源优势,北京市按照中组部和国家卫健委的部署要求,确立了以北京友谊医院为主责单位、以北京妇产医院和首都儿研所为"以院包科"责任单位,截至目前,累计从15家市属医院选派3批48人次组成"组团式"援藏医疗队,全力帮扶拉萨市推进完善各项医疗工作,极大地提高了拉萨市的整体医疗水平。

西藏拥有了首个地级市"三甲医院"

2015年8月,经过多番遴选,北京市从4家市属医院中选出了15名医生,组成第一批医疗援藏工作队,时任北京妇产医院院长助理的于亚滨,作为医疗队中唯一一名管理干部,被任命为队长和拉萨市人民医院副院长。

临行前,院领导将于亚滨叫到了办公室,"亚滨,这次去援藏,你们除了要尽全力救治当地病患,还有一个更重要的任务,要在两年之内将拉萨市人民医院发展成为一家三甲医院。有什么困难尽管说，医院会尽全力帮助。

"西藏医疗水平低，要在两年之内完成一个三甲医院的建设，这是一场硬仗。"于亚滨暗自想。虽然早已有心理准备，但当医疗队到达拉萨市人民医院时还是傻了眼。

医院环境恶劣，治疗室内竟然苍蝇乱飞、医疗废物乱丢；一个市级医院仅设 19 个科室，大夫和护士什么都学、泛泛而学，样样不精；不同病症的患者，全都挤在同一个科室；建院 50 多年居然没有设立专业感染科……看到眼前的一切，于亚滨暗下决心：要在最短时间内让医院走上正轨。

改革从建章立制开始。于亚滨带领援藏队员和当地医务人员相继修订完善了医院的行政、医疗、护理、应急等方面规章制度 330 余项，字数达到 110 万字；编写了医院有史以来第一稿《诊疗规范》，字数达 140 万字；出台了《拉萨市人民医院院长办公会制度》并严格执行，从 2016 年 10 月开始，共召开院长办公会 35 次，决策事项近 500 项。

有了完备的管理制度后，当于亚滨和队员们将主要精力放在了学科建设上时，依旧困难重重。

2016 年，第二批北京市"组团式"援藏医疗队队员、北京朝阳医院泌尿外科主任医师刘航和世纪坛医院护师常文静来到拉萨市人民医院，但令他们想不到的是，入藏后的头半年，他们几乎每天都穿着白大褂在"工地"当监工。

出发前，刘航和常文静接到的任务是协助拉萨市人民医院提高肾内科水平。但他们到了医院才发现，医院的血透室还只是一张不达标的设计图纸和一片正在挖下水道的工地。

"我们当时就傻眼了。之前说需要专业的透析医护人员，结果连房子都没盖起来呢！"常文静说。直到2016年底，她和刘航每天都在钻研图纸设计，恶补标准作业程序，在工地当监工……在他们的努力下，一个标准化的血液透析室建设完成并投入使用。

经过两年的努力，拉萨市人民医院的运行逐渐规范起来，急诊科、血液透析中心、高压氧舱、感染控制科、ICU、CCU等重点科室逐步建成并投入使用，医院各项指标均达到了三级甲等医院的标准。

2018年1月3日，拉萨市人民医院迎来了"大喜日子"，拉萨市人民医院（"三级甲等"综合医院）正式揭牌，成为西藏自治区首家地级市"三级甲等"综合医院。

"如果只靠我们自己，要想短时间内达到'三级甲等'医院的标准是不可能的，这还有赖于北京大后方对我们的支持。"于亚滨表示。据了解，为了提高拉萨医疗水平，除了选派大批优秀人才外，北京市还按照三甲医院建设规模和标准，通过统筹国家投资、援藏资金支持、区市财政投入等资金，筹集近1.12亿元，用于医院建设。

从束手无策到应对自如

"输血"变"造血"，是诸多医疗援藏干部的共同心愿，大家的初心是一致的，就是要给西藏留下一支带不走的人才队伍，让西藏人民持久地享受到优质的医疗服务。

普布次仁是拉萨市人民医院门诊部主任，医院的每一点发展，普布次仁都历历在目。在他看来，北京市医疗人才"组团式"援藏以来，医院这两年的变化很大。

此前，由于很多科室未开设，以及医生水平有限，不少疑难重症患者来院后，医生们不会也不敢治疗，外转成了救治此类患者的唯一途径。面对来不及转院的患者时，医生束手无策。而现在，医院学科、设备日渐齐全，医护人员在北京专家的带教下面对疑难杂症时变得更有底气。"很明显的一点，现在要求加号的病人越来越多了。"普布次仁笑道。

2017年5月底，拉萨市曲水镇茶巴郎村一名33岁的男性村民，因家庭纠纷吞服除草剂，情况危急。服用除草剂自杀的死亡率非常高，但随着重症医学科、高压氧科、血液透析中心的建立，这位送来时已深度昏迷的患者，经过综合治疗，最终清醒过来并恢复了行动能力，成为拉萨市人民医院同类症状首例被治愈患者。

同时，在北京儿童医院杨海明主任指导下，拉萨市人民医院建成了高原上第一个规范的儿童支气管镜中心。

拉萨市人民医院儿科主任邱金芳说："临床上好多孩子肺炎久治不愈，我们了解到气管镜效果非常好，就一直想建立这么一个中心，这是几代儿科主任的夙愿。"以往外省市支援来一两位专家，人手、资金、设备都不足以达成心愿。杨海明了解具体情况后，自2015年着手准备筹建。经过一年半时间，拉萨市人民医院儿童支气管镜中心建成，开始接诊患者。而这时距离杨海明离开西藏还有半年时间，"我一定要把这项技术留给当地的医生，让支气管镜中心充分发挥价值。"杨海明说。这之后的每一台手术，杨海明都会让自己的"徒弟"跟在身边，刚开始，是"老师"杨海明带着做，再往后，8名本地医务人员也逐渐掌握了儿童支气管镜技术，现在，三级以下的手术都能开展，有100多台手术是由本院医护人员独立完成。为了在自己离开拉萨后，徒弟们能有所参考，杨海明将中心建成以来开展的180多例手术全部详细地记录了下来。

次仁公布是杨海明的学生之一，不久前他收治了一名长期肺部感染的 11 岁男孩，男孩父母带他几乎跑遍了西藏的所有医院。经过气管镜检查，发现孩子肺里居然有一枚笔帽！经过手术，取出的笔帽上已经挂满了脓液。

次仁公布说："有了气管镜之后，可以非常直观地了解患儿身体内部情况。"之前，儿童如果患上类似肺结核的疾病，连确诊都难。医生不知道患者气管里的具体情况，只能根据经验用药治疗，疗效不佳。

医疗人才"组团式"援藏以来，拉萨市人民医院发生了翻天覆地的变化。医院年门急诊量从 2014 年的 9.5 万人次，上升到 2016 年的 15 万人次，在床位不断增加的情况下，病床使用率超过 100%。

48 人次援藏医护人员，手把手将最新技术传授给当地医生，带领当地医护人员，先后开展 30 多项新技术和多例疑难手术，填补了拉萨市多项技术空白；妇产科开展了盆底重建网片修补术，在拉萨市率先进行了无痛分娩；血液透析中心 2017 年 3 月 13 日开始收治患者，已完成透析 680 余人次；ICU 于 2017 年 5 月 8 日开诊至今，收治重症患者 20 余人，其中包括 3 例开颅手术……

从人均寿命不到 30 岁，到如今拥有一家自己的地市级"三甲"医院，医疗水平大幅度提高，在北京的帮扶下，在雪域高原上打通了一条生命通道。

选自《中国扶贫》2019 年第 5 期

淳化质变

孙晓晗

陕西省咸阳市淳化县地处三秦腹地，是典型的山区县和农业县，也是国家扶贫开发工作重点县。脱贫攻坚战打响以来，淳化县坚持以脱贫攻坚统揽经济社会发展全局，以务实、扎实、真实的工作作风，啃下"硬骨头"，跨越"难险关"，发生了翻天覆地的变化。2019年5月，陕西省人民政府门户网站发布公告，淳化县退出贫困县序列。

大槐树村变了样

坐落在淳化县南部石桥镇的大槐树村，曾是"上访群众多、村民矛盾多、干部问题多"的"三多村"，也是"出行两脚泥、靠天吃口饭、村中无产业、无事生是非"的贫困村，贫困发生率一度达到45.6%。

"在其位，谋其事，尽其责"是如今大槐树村村干部的基本准则。"我们很多年都没有参加过组织活动了。"老党员周光明遗憾地说，"组织找不到党员，党员也找不到组织。"面对软弱涣散的党组织和村民的极度不信任，大槐树村决定先从改变党组织形象入手，"资金不够帮扶干部就带着我们积极联系，人手不够村干部就自己动手，时间不够就加班加点鏖战通宵，三个月我们就真的把一个崭新的基层党组织阵地立在了村里，我们就是要让群众看到这支党员队伍是能干事的。"大槐树村党支部书记杨新旺自豪地说。在干事中锤炼队伍、凝聚信心，逐渐形成了大槐树村精神。

村看村，户看户，群众看的是党支部。把握住了党建这面鲜明的旗帜，村里氛围逐渐向好。从过去开会叫不来人，到现在楼道里都站满了人，大家都想听听村里的新规划、好事情、大发展。大槐树村一点一滴的变化，正是以项目带动为抓手，发挥出党建引领作用的生动体现。乡村党员从一家一户发展的"小舞台"，转变成带领群众共同致富的"大天地"。村民文化广场、标准化村级卫生院、水厕、太阳能路灯等基础设施完善后，如何让贫困户的腰包鼓起来成为亟待解决的问题。大槐树村开始初步形成"认养农业＋精深加工＋电商产业"发展模式。产业发展的多元化、市场化、特色化让大槐树村村民收入和村集体经济积累蒸蒸日上。

"从前咱都没想过，我老郝家的樱桃居然能上网卖到北京、上海这些没去过的大城市，还能注册个商标，价也卖得高，今年我家卖了2万多元，比去年足足多卖了1万多元。"村民郝世民一边分拣樱桃一边高兴地说。

如今的大槐树村，在"扶心扶志"政策引领下发展得越来越好。驻村第一书记王剑峰来这里快3年了，针对农产品销售渠道不畅、村集体经济薄弱的突出矛盾，他先从村集体电商入手，依托村里樱桃、油桃、杂粮等特色产业，整合出水果生鲜、杂粮、干果零食、山货副食等四大类系列产品，将优质农产品在"大槐树村"品牌下进行销售，使村集体电商形成了"第一书记开拓市场、大学生村官维护平台、返乡创业大学生整合供应链、村内干部组织协调、贫困群众提供产品"的五位一体运营模式。

规划给力、措施有力。大槐树村电商平台2019年5月成立，一年的销售额就达到1600万元。通过顺丰、中通等快递，村里产的油桃15天发货量就达到 12000 件，在淘宝同类销量中晋升至前三名。王剑峰还请来体操奥运冠军邢傲伟到村公益直播，助力消费扶贫。3 小时的直播吸引了 4 万观众，高原旱地油桃、大拉皮、淳化荞麦等特色食品通过奥运冠军的影响力让全国人民熟知，同时探索了"体育 + 消费扶贫"的新模式。"我们大槐树村集体电商要让更多人了解贫困村、关心贫困村、体验贫困村产品，消费扶贫才能有深度、有广度。"王剑峰说。

"再穷不能穷教育。"王剑峰深知教育对改变农村儿童命运的重要性。在他用每年第一书记 1 万多元经费打造的乡村儿童图书室里，陈列着上百本他亲自倡议捐助并精心挑选适合 3～16 岁孩子阅读的书籍。图书室初建成那天，本村孩子们来帮忙打扫卫生时，一位孩子问他："叔叔我能天天来吗？"天真质朴的话语透着对知识的渴望，这个问题不禁让他湿了眼眶。

"不等不靠不计较，实干巧干不犹豫"成为大槐树人新的精神。如今，大槐树村村集体收入实现了从 0 元到 150 万元的突破，累计惠及本村及周边贫困群众 2000 余户，带动贫困群众务工近 4000 人次。"脱贫致富，全靠党支部；脱贫步子快，全凭产业带。"淳化县委书记刘涛说。

"成立合作社的初衷就是想为农户找条通往外界的致富路，也让寨子村有属于自己的特色农产品。"来自陕西省委高教工委的第一书记郝霄京说到做到，淳化荞麦花儿香种植合作社的成立就是他和前两任第一书记共同努力的实例。

寨子村一直以种植蔬菜为主，也包括荞麦和一些传统作物等，但由于缺乏知名度、产地偏远、物流成本高等问题，有些农产品无法及时销售出去。为解决这些问题，郝霄京和村"两委"等开始搭建蔬菜销售平台，设法将 10 多万斤西葫芦、大葱、辣椒等蔬菜销往西北大学等高校食堂，群众总收入达到15万元以上。

如今的寨子村已建起近百个蔬菜大棚。大棚可以直接跟贫困户对接，采取入股+分红模式，带动贫困户收入更稳定。"每一任第一书记都在踏踏实实为村里做实事，第一任第一书记建起了蔬菜大棚，第二任推广合作社，到我就是在之前的基础上努力发展咱们寨子村的村集体经济。"郝霄京说，现在寨子村集体经济已经到了稳定、增收、脱贫、提高应对市场风险的关键阶段。

靠产业带动经济，寨子村采取的是"村集体+扶贫+合作社+养殖"模式，目前打通的销售渠道有高校、社会市场、扶贫惠民超市。"这是一种从单向到双向的扶贫模式。争取让咱寨子村的村集体经济走向市场，成为市场主体，打造一支真正不走的工作队。"郝霄京说。截至目前，寨子村和高校渠道签订的第二批269万元的订购合同已经完成过半，预计今年可以超额完成任务。

依托荞麦花儿香种植合作社，寨子村开始大力发展消费扶贫。过去村民种完麦子，土地就被闲置，如今麦子收完种荞麦。"收入能增加，就算忙一点儿咱们也愿意。"村民郭志明正装着荞麦枕头，脸上洋溢着笑容说。他在合作社打工已经3个年头了，每月1000元的稳定收入让他特别有底气。如今合作社销售额已达近400万元，寨子村村民的归属感与幸福感不言而喻。

通过帮扶单位和驻村工作队打造"校县消费扶贫"，创建淳化'淳朴寨子'品牌，这些都为寨子村的发展打开了一扇新的窗户。西安美术学院为合作社设计了包装盒和"淳朴寨子"的注册商标，陕西科技大学帮合作社研发了荞麦面、荞麦饸饹、无糖荞麦饼干等20个系列产品。通过"点对点"对接形式，建立起菜园到餐桌模式，真正把农产品变成了商品、变成了现金。贫困户的农产品坐上了"高校直通车",走出了淳化,走进了高校,市场愈来愈大,步子越迈越稳。

安置社区,一场内外兼修的质变

经过十里塬镇东街,一片欧式风情居民建筑吸引了我们的目光。"这是易地扶贫搬迁安置点福缘社区,一共有9栋楼117户398人,周边幼儿园、中小学校、医院、银行等配套设施都很齐全。"淳化县扶贫开发局局长马燕介绍,"当初我们规划时就是二层仿欧式居民建筑。按人均25平方米的标准,2018年5月,所有贫困户都已经搬迁入住了,社区也同步为他们落实了就业扶贫的政策。"

如此别致的外观让我们迫不及待走进社区一探究竟。贫困户王丹家6口人住在一套99.95平方米的房屋内。房屋给人第一感觉就是宽敞,屋子里被归置得窗明几净,温馨舒适,透着浓浓的生活气息。王丹说,他们全家搬来新家已经两年多了,刚搬来的时候,屋里除了家具之外其他东西都已经配好了,自己只掏了一万元就入住了。搬迁到福缘社区前,她和丈夫一直在外打工,两个孩子跟着爷爷奶奶在肖家村生活。老家离学校有5公里的路程,去上学每天来回要花两个多小时,遇到雨天和冬天的时候更是难走,这一直是她最忧心的问题。

新社区不仅改变了王丹两个孩子的读书环境,也改变她自己的生活,她从一个常年外出务工的"打工仔"变成了社区公益岗位管理员,主要给社区居民买水买电搞卫生,每个月不仅有970元的收入,平常照顾孩子也更加方便。"以前在老家的时候,孩子在农村学校读书,条件比较差,成绩也不好,现在搬来这里,学校就建在家门口,不仅上学方便,教育条件也好了很多。"王丹说,"我们大人辛苦点无所谓,但希望孩子可以有更好的上学条件，用知识来改变命运。"

"国无法不治，民无法不立。"福缘社区的法治教育中心在推进村民普法进程中的意义也很明显。走进人民调解室，法庭能做的一般调解，包括夫妻矛盾、邻里纠纷等矛盾，这里都可以调解。

福缘社区不仅实现了搬得出、稳得住，也实现了能致富的积极示范作用。易地扶贫搬迁安置社区配套建设农业产业项目，引进苏陕协作企业淳化县十里塬镇双孢菇项目。项目占地120亩，计划总投资1.6亿元，以生产双孢菇为主，采取"企业＋合作社＋贫困户"的发展模式，实现了企业与贫困群众双增收。

"淳如诗，美如化，深呼吸，来淳化"的生态名片为人们津津乐道。如今，淳化走出了一条以绿色发展为导向、经济发展为外延的高质量发展之路，用实际行动实现了量变到质变的飞跃。

选自《中国扶贫》2020年第20期

中原沃土凤出彩

张舒娜

2018年11月22日，河南省固始县产业集聚区。虽已是"小雪"时节，却依然是天晴气朗。记者跟随利来针织有限公司董事长郑昌华走进位于总部的就业扶贫车间，机器的轰鸣声中，女工们在各自的岗位上忙碌着。

"在这里，忙的时候能挣五六千元！家里孩子都上着学，能缓解不少！"36岁的冯梅负责最后的包装，14秒间，垫板、翻衣、压平，她快速叠装好了一件成衣，极为利落，说话间也没停下手里的活儿。郑昌华介绍，这是他们车间的"劳动模范""工作标兵"，但和车间里其他女工一样，冯梅和她们有一个共同的称呼——"巧媳妇"。

筑巢引凤：居家就业解烦忧

"下班回家"，简单的四个字却成了很多农村女性难以实现的愿望，折射出她们所处的窘境——外出打工，面对的便是离家千里、家人分离；留守在家，面对的却是正值壮年却无奈赋闲在家。家里上有老、下有小的现实情况让更多农村女性无奈选择了留守在家。

2013年，党的十八届三中全会通过的《中共中央关于全面深化改革若干重大问题的决定》明确提出："要健全农村留守儿童、妇女、老年人关爱服务体系，健全残疾人权益保障、困境儿童分类保障制度。"河南省"巧媳妇"工程便在探索解决农村留守妇女问题中发端启航。

"巧媳妇"工程是河南省省妇联倡导实施的一项惠民工程，旨在把农村留守妇女这一庞大的闲置劳动力资源，转化为承接产业转移的有效资源，在县、乡、村开办加工企业及人才培训基地，把生产车间搬进村、开进家，让农村妇女在家门口实现就业。

2016年年初，河南省"巧媳妇"工程火热展开，在省妇联和省扶贫办的号召下，"巧媳妇"创业就业工程企业和项目点如雨后春笋般涌现。近三年来，省妇联、省扶贫办联合认定命名河南省"巧媳妇"创业就业工程示范基地340个，县以上妇联组织认定命名"巧媳妇"创业就业工程示范基地6351个。

各类加工基地、专业合作社就建在家门口，巢已筑好，便等凤来。没有了外出打工无法照顾家庭的顾虑，成千上万的"母亲""女儿"从此便有了"巧媳妇"的头衔。

2018年11月4日，在灵宝市"巧媳妇"基地——昌盛菌业有限公司，总经理南俊峰从北京参加完中国妇女第十二次全国代表大会载誉归来。她向记者介绍，昌盛菌业有限公司目前采取"公司+基地+农户"的生产经营模式，已解决周边农村富余劳动力800余人就业，其中90%为妇女。

"在昌盛菌业有限公司，从70岁的老奶奶，到40岁的留守妇女，再到20岁的小伙子小姑娘，都有活儿干。很多外出打工的也不再外出了，直接在家门口就业。"南俊峰说。

三年间，中原筑巢引凤，越来越多的农村妇女在家门口便有了工作。截至2018年6月底，全省已建成"巧媳妇"创业就业工程企业和项目点3.6万多个，带动100多万名农村妇女就近居家灵活就业，其中建档立卡贫困妇女12万余人。

"巧媳妇"工程成功地活化了农村留守妇女这一群体，实现了从帮扶对象到重要力量的转变，从家庭角色到社会角色的跨越。人们称赞"巧媳妇"工程"留住了妈、守住了娃、顾住了家"，"巧媳妇"成了农村妇女津津乐道的谈资，也成了河南省妇女工作和脱贫攻坚工作一张亮丽的名片。

群凤争鸣：因地制宜齐出彩

滑县金泰制衣有限公司里，缝纫机规律地作响，银针飞舞间"巧媳妇"们穿针引线，缝制出件件新衣；新郑市辛店镇黄岗村，"巧媳妇"们养殖种植如火如荼，鸡鸭成群，核桃、黄秋葵、苜蓿长势喜人……

河南省"巧媳妇"创业就业工程实施三年来，中原大地，群凤齐鸣，农村贫困妇女的面貌发生了巨大改变。

经过三年的发展，河南省"巧媳妇"创业就业工程实现了三个跃进：由妇联倡导到形成"妇联倡导、党政支持、部门协同、行业促进、群众参与、市场导向"的工作机制。由帮助妇女就业脱贫向促进农村产业兴旺延伸。由集中在贫困乡村向众多乡村区域发展。

"原来靠丈夫一个人外出挣钱养家，现在到服装加工厂上班，在家门口挣钱，又能照顾老人孩子，特别感谢'巧媳妇'工程！"2018年10月25日，滑县王庄乡龙村村民李倩戴着口罩坐在缝纫机前，巧手穿针引线。家有六口人的她，成了带领全家脱贫的新力量。

遇上了沿海产业转移特别是订单转移的大好机遇，在省服装协会的推动下，李倩所在的服装服饰加工业成为最初"巧媳妇"工程的"原动力"。

省妇联与省服装行业协会连续三年举办服装行业"巧媳妇"精准扶贫对接会和论坛，推动服装企业下沉产能到贫困乡村兴办加工点。仅河南中藸万家服装公司就在兰考等13个县（市、区）通过"中心工厂+卫星工厂"模式兴办服装加工企业214个，吸纳妇女1.5万多人就业，其中建档立卡贫困妇女4581人。

从"筑巢引凤"到"育凤出巢"，最后"群凤齐鸣"，"巧媳妇"工程覆盖的领域在三年间不断扩展，一些县（市、区）把"巧媳妇"工程作为产业扶贫主要抓手。目前，全省"巧媳妇"工程已涵盖服装服饰、手工制品、种植养殖、农产品电商、乡村旅游（农家乐）等诸多领域。

育凤护巢：妇联当好"娘家人"

"妇联在您身边、服务随时相伴。"各级妇联为实施"巧媳妇"工程牵线搭桥。河南省"巧媳妇"创业就业工程实施的三年，是农村妇女幸福感倍增的三年，也是各级妇联组织深化改革、活跃基层的三年。

"巧媳妇"们走进工厂，工厂寻来"巧媳妇"，其中牵线搭桥之人不可或缺，各级妇联首先便承担着这样的角色。

省妇联先后举办培训会、项目对接、经验交流活动，各级妇联也层层召开推进会、现场会、经验交流活动，组织项目观摩、对接活动等，省、市、县、乡、村五级妇联组织联动发力，帮助"巧媳妇"找企业、帮助企业找"巧媳妇"。

在商水县，众多企业在县政府、县妇联的支持下，走上了"公司＋订单＋定点＋农户"的加工经营模式，产能大大提高。目前，商水县大约20万名留守妇女中，已有10多万人实现了家门口就业，年创产值约30亿元。

筑巢引路必不可少，细微之处更见真情。卷席之势非一呼百应之简单，数字背后是各级妇联人员敲响的一扇扇门，迈过的一次次门槛。"巧媳妇"工程强调靶向服务，除打造"一村一品、一乡一业"外，也要在入户调查中根据农户家庭具体条件，为其选择合适的就业渠道。

"巧媳妇"工程聚集并活化了中原沃土上的女性力量，基于此，各级妇联开展了一系列活动助推"巧媳妇"工程。睢县妇联利用企业入驻扶贫车间女性比较集中的优势，开展了"最美家庭""环境卫士"等评选活动，设立了积分换物的"心连心"社会扶贫超市，同时还成立了基层巾帼宣传文艺队。目前，睢县建立"巧媳妇"工程示范点88个，开展各类腰鼓队、宣传队及妇女广场舞比赛等活动225场次。

如今，有"巧媳妇"示范基地的地方便有农村妇女工作的阵地。"巧媳妇"们有了"身边的妇联"，在就业的同时，她们能够在身边的"妇女之家"或妇女发展小组学到政策法规、婚姻家庭等知识；拿起手机，还有"指尖上的妇联""中原女性之声"等118个微信公众号组成的省、市、县三级妇联微信矩阵时时为农村妇女提供家教、维权等各类服务信息。"巧媳妇"们有了依靠，"娘家人"也更有活力、影响力和感召力。

振羽向阳：三年提升更奋进

2018年11月20日至23日，全国人大常委会副委员长、全国妇联主席沈跃跃赴郑州、驻马店等地深入农村、社区调研。

来到平舆县万家镇郭寺村，看到村里的贫困妇女在"巧媳妇"工程的带动下，在藤编厂实现了家门口就业，沈跃跃说，确保如期脱贫是全面建成小康社会的底线任务，妇女是脱贫攻坚的重要力量。妇联组织要围绕中心任务，抓住服务大局、服务妇女的切入点，继续做实做好"巧媳妇"这一品牌，鼓励妇女靠自己的劳动脱贫致富，创造美好生活。

2018年11月，省妇联印发《河南省巧媳妇工程提档升级三年行动计划（2019—2021年）》，未来三年，"巧媳妇"工程将促进农村妇女创业就业与思想素质提升的深度融合，建设农村妇女工作阵地，满足全省农村妇女创业就业和美好生活的目标。

未来三年，就业仍是主旋律。"巧媳妇"工程将继续扩面增容，因地制宜深入挖掘各地资源和产业优势，深入发掘企业和致富能人，把适合妇女居家就业的项目全部纳入"巧媳妇"工程来推动发展。

2018年11月25日，鲁山县美伦饰品商贸有限公司总经理程建军在张官营镇李柴庄村加工厂内，和女工们谈到了未来，她说，电商领域便是美伦今后进军的方向。"我们想建立小饰品仓储基地，为电商从业者、饰品经销商、分散零售群体搭建一流的供货平台，这样完善了产品供应链，就能带动更多贫困户姐妹参与生产。"对此，程建军信心满满。

扶贫亦扶志，"巧"定是更有深度的"巧"。习近平总书记曾指出："实施乡村振兴战略不能光看农民口袋里票子有多少，更要看农民精神风貌怎么样。""美丽庭院"行动和"巧媳妇"工程共生共长，妇女们工厂里勤工忙致富，小院里赏景唠家常。走入乡村，"推窗见绿、抬头赏景、起步闻香"逐渐成为标配，"家和、院净、人美"的观念亦深植广大人民心中。

"巧媳妇"工程扶贫的奇迹不是神话，而是事实。中原大地上，从农村妇女到各级妇联，群凤出彩，盘舞三年，将继续向阳飞翔。

选自河南大学出版社《脱贫攻坚　河南实践》

"醴头"

瞿广业

2018年的秋天，我被单位派往地处陇东革命老区的一个小山村，从事精准扶贫帮扶工作。这里是全世界黄土层最厚的地方，也是六盘山集中连片特困地区，是国家扶贫攻坚的主战场之一，脱贫任务重、难度大。这里山大沟深，生态脆弱，地貌以沟、塬、峁、梁、嶂岘为主，由于没有灌溉，老百姓广种薄收，仍然延续着靠天吃饭的传统。

村里的支书姓醴，四十岁出头，黑脸大个子，浓眉大眼，自然卷曲的头发，人长得清瘦，但特别精神，村民们都管他叫"醴头"。别看他年龄不太大，从事农村工作却已有二十三年，工作经验特别丰富，已然是年轻的"老革命"。

醴头是个操心人。他说，小时候家境不好，全家生活在山里头，住窑洞、走山路、吃井水，日子过得很苦，后来在政府的帮助下，他们从山里搬迁到了塬面上。日子虽然比原来好过了许多，但2013年国家开始实施精准扶贫政策时，他家仍被识别为建档立卡贫困户，为此，他在跟我聊天时常常以此为羞。前些年，他在家里为牛粉草料时，不慎被无安全防护装置的粉碎机夹断了右手。他竟然笑着跟我说："家里我是个操心的人，村上我也要操心，这或许就是老天要让我成为'一把手'吧，既然要当一把手，那就要为全体村民当好家，把心操好，把工作干好！我就是个操心的命。"跟他一起工作虽然只有短短两年，但村子里六百多户两千多人谁家住的窑洞不安全、谁家的自来水还没通上，他基本上是一口就能说得上来。村里小学校园旁边的护坡施工时没有做好，七八月一下大雨泥土就往学校围墙边上冲，有很大的安全隐患，醴头在村部值班时叫上我一起沿路巡查，回来就跟我说："雨后路干了得马上把护坡重新修起来，要不然出个安全问题，我们就成罪人了！"结果不到一周，学校旁边的护坡不但被重新修了起来，就连排洪沟也一同做了彻底的根治。

醴头是个热心人。还记得刚来到村子里时间不长，很快就到中秋节了，醴头请我去吃鱼，他跟我说："组织上派你下来村子里搞扶贫工作，你们受苦了！我们这里条件差，你又初来乍到，人生地不熟，过两天就是中秋节了，请你吃个便饭，一来尽个地主之谊，二来给你引个路，你以后想改善生活了就到镇子上吃点好的。多吃点，吃饱了不想家，工作才能干出成绩来！"寥寥数语，说得很干练，却也很暖心，让我至今记忆犹新。

醴头是个"狠心"人。村子里老孙头家住着三孔窑洞，儿子媳妇常年外出务工，留下个上小学的小孙子跟着老两口一起在家生活。由于窑洞年久失修，加之开采石油钻井施工和近年来雨水增多，老孙家的一孔窑洞去年坍塌了，万幸没有伤到人。醴头组织扶贫专干上报乡政府协调危房改造项目款，趁着天气还暖和，秋天就让施工队给老孙把新房子修好，把炕给盘好。经过一个冬天的时间，新房子的潮气也干透了，入夏的时候，醴头张罗着给老孙头搬迁到新房子里，怎奈老两口千般推脱、万般不愿，一边说是老院子住了几十年了舍不得，一边又是哭天抹泪地嚷着"你们干部都是为了我们好"，就是不往新房子里搬。眼瞅着今年雨季就要来临，这可愁坏了醴头。经过一夜的煎熬，醴头做出了"狠心"的决定——打电话给老孙的儿子说明了情况让搬迁入住，一边又申请政府相关部门联合为老孙一家搬迁。他说：我们宁可听老百姓的骂声，也不听老百姓的哭声。为了群众的安全，我愿意当这个恶人，做这个"二杆子"！

醋头是个细心人。2020年春节期间，一场突如其来的新冠肺炎疫情迅速蔓延。村子里根据上级政府的统一安排部署，也成立了疫情联防联控执勤点，组织党员干部和村民小组长24小时执勤防控。有不少热心的村民看到值班人员为了全村村民的生命和健康安全不分昼夜地奋战在抗击疫情的战线上，自发地给执勤点上送去了燃料、食物、口罩等抗疫物资。醋头跟我说："麻烦你给咱们村的村民写一份公开的感谢信，你知道，这种事情要文化人来做，我们做不来嘛。还要把村民捐赠的物资统计一下，一起公布出去，这样的话让人家心里也有个底，敞亮一些！"没成想，平日里大大咧咧的醋头，竟然这么细心，真是让人刮目相看，不由得令人对他心生敬意。

两年来，因为精准扶贫工作，我和醋头从两个素不相识的陌生人走到了一起，并且成为工作上的搭档和生活中的朋友。他常常从乡政府开完会后会到村部跟我聊天，聊工作，聊生活，聊过去，也聊未来，常常聊到半夜。醋头说："说个私心话，我在村上干这份工作之前也是个游手好闲、对人生没有规划的人，是之前的老支书多次上门跟我苦口婆心地谈心，引导我进入村委会，做一名村干部。后来还发展我入了党，成为一名光荣的党员。承蒙组织和群众信任，我到现在还当上了村支书。说到底，我要衷心地感谢老支书——我的启蒙老师，感谢党组织多年来对我的教育和培养！随着这些年党和政府各项扶贫政策的落实，以及帮扶单位这几年的大力帮扶，我们村虽然于去年实现了整村脱贫退出，但下一个阶段的乡村振兴战略，还有更多的工作等着我们带领全体村民去做，我信心满怀！"

选自《读者》（原创版）2020年第12期

人生何处无风景

曹骥赟

我的童年是在农村度过的，我由衷地喜欢广袤田野和青山绿水。长大后，我一直在大城市读书、工作，厌倦了都市的拥堵、喧嚣、雾霾，再加上多年来一成不变的工作状态，渴望另辟蹊径，换换环境和生活方式。也许是上天垂青，2013年，单位派人去内蒙古自治区挂职扶贫，我有幸被选中，心情是一半欣喜一半不舍，欣喜的是自己的愿望实现了，不舍的是要和妻子、孩子长期分开。

别样生活

我去的地方叫察右前旗，出发前，满以为那里到处是"风吹草低见牛羊"的青青草原，到了却发现是另一番景象：贫瘠干旱的大地，覆盖着稀疏草皮的平原和山丘，典型的塞外风光。不过，我也有一种全新的感受：原野空旷宁静，天空湛蓝明净，空气清爽透亮。

来之前我对这里的气候有一些了解，知道这里风大、寒冷、日照强，公路两边常能看到成群的风车呼呼旋转。虽然阳光刺眼，但在7月的盛夏感觉不到一点儿热。人们的皮肤因为常年经受风吹日晒，显得黝黑粗糙。

这是典型的西部小城，青壮年人口外流，资源匮乏，经济落后。旗政府设在一个名叫土贵乌拉的小镇上，我是从北京来的扶贫副旗长，当地领导对我很器重也很客气，书记和旗长希望我在搞好扶贫工作的同时，也能引来外地大企业投资。我初来乍到，有些受宠若惊，但更多的是诚惶诚恐，唯恐有负重托。

当地干旱缺水，自来水中盐碱重，有异味，我想了一招：准备两个暖水瓶，水烧开后先灌满一个，待盐碱沉淀后再把水灌到另一个暖水瓶里，如此反复多次。时间久了，我熟练到来回倒水洒不出一滴。同事调侃说："以后就算你失业了，也可以去高级酒店当服务员，给客人倒茶。"

这里是"薯都"，冬天蔬菜匮乏，主食、副食都以土豆为主，顿顿都是炒土豆、拌土豆、蒸土豆、煮土豆、土豆粉条、土豆烩菜、土豆包子，有几次我都梦到吃土豆。工作日的晚上和周末食堂不开伙，后勤工作人员安排我在一家小饭馆就餐。我吃饭向来简单，就一碗面而已，也从来不带人吃喝，时间久了，老板见我从不点肉点酒，态度就冷淡下来，等给点酒菜的客人上齐了，我的那碗面才姗姗来迟。没办法，后来我干脆自己找饭吃了。

晚上，除了给家人打打电话、看看电视之外，大部分时间我都在看书。整栋宿舍楼里除了看门的只有我，周围都是田地，万籁俱寂。除了经济类书籍刊物，我还喜欢读史书，剖析人物，对比古今，常常有豁然开朗的感觉。我也常回想起几十年来自己的成败得失，思考未来的路，任思绪驰骋，这让我真切地体会到"非宁静无以致远"的心境，十分惬意。由于生活比较规律，那段日子我养成了晚上9点睡觉、早上6点起床锻炼的习惯。为此，妻子总笑话我提前进入了老年生活。

扶贫工作

生活安顿下来之后，我便马不停蹄投入调研。

只有走进百姓的生活，才能走进他们的心里。当你亲眼见到贫困场景，亲耳聆听辛酸故事，你会受到强烈的触动。那里的情景让我们这些常年在城市生活的人感慨万千，发自内心地想伸出援手。

有两件事令我记忆犹新。

有一次，我到了一个缺水的山村。烈日炎炎，村民们在一口井边排队打水。由于水位下降，村民们用井绳把装了人的水桶放到七八十米深的井底，人工舀水。如此情景让我震惊，随即组织有关单位打井。两个月后，新机井成功出水，彻底解决了全村人畜的饮水问题。还有一次，我去一所中学，接触到很多父母离异、亲人患病的贫困孩子。最困难的一个孩子失去了双亲，和年迈的爷爷相依为命，每天在学校吃饭只敢花两块钱，常年只吃馒头和白菜。很快，我组织设立了贫困生奖学金，资助全校100名成绩优秀的贫困生，每人每学期1000元。钱虽然不多，但对孩子们来说是实实在在的口粮。

挂职届满之前，为了多给孩子们一些资助，我向中国扶贫基金会申请了为期3年的自强班助学金。记得临走前，我与那所中学的刘校长最后一次见面，他两眼含泪，哽咽着向我道谢，与我握手道别。那一瞬间，两年多来我们一起工作的诸多场景在我脑海里闪现，我抱着刘校长，流下了激动的泪水。

涤荡心灵

现在我已经回到原工作岗位，那段岁月逐渐远去，那里的人、那里的事、那里的山山水水，却在我心里留下了永不磨灭的印象。

这段难忘的经历对我影响深远。以前对自己拥有的一切总是不以为然，然而当我目睹了太多贫困群众的劳作奔波和艰难度日，了解了他们内心的凄苦和困顿无奈之后，重新回到优越的生活和工作环境中，享受着城市的繁华便利和家人的亲情温暖，才真真切切发现自己生活在蜜罐里。与他们相比，我是多么幸运，还有什么理由不开心快乐？还有什么理由不去努力拼搏？还有什么困难不能克服？

　　这段经历也让我悟到了人生中最重要的是什么。有时候，当人变换环境和角色，或许更能看清一些东西。扶贫的几年间，许多原先围绕在身边的"朋友"音讯全无，让我瞬间醒悟，所谓的友情甚至以往被追捧的权威，在现实中来也匆匆，去也匆匆。而那些我曾经帮助和救济过的人们，他们对我是那么真诚和感激，愈加让我感受到"赠人玫瑰，手有余香"是人生最大的价值。

　　当耳边响起"天蓝蓝，秋草香，是心中的天堂，谁把思念化一双翅膀"的草原之歌，我不禁又想起那里的故事，也许，那就是我一直追寻的地方。

选自《读者》（原创版）2018年第3期

希望在"那遥远的地方"

樊永涛

"在那遥远的地方,有位好姑娘;人们走过她的帐房,都要回头留恋地张望……"这首《在那遥远的地方》诞生在青海这片草原,也就是本文故事的发生地。

一清早,拥军就忙着将牛奶打包,店铺里奶香四溢。

铺外排起了队,牛奶收自老乡家,好喝且新鲜,顾客都认可她。昔日为供儿子上学卖光了家里的牛羊,如今生意蒸蒸日上,儿子争气做了中学教师,日子过得很殷实。

几公里外的草原上,牛羊惬意地吃着嫩草,隔了一条乡道,庄稼则在拔节生长,温暖的阳光下,山风吹拂着一眼望不到边的绿色。这里是农耕区与牧区的过渡地带,多民族集聚,青稞、油菜是传统作物,牛羊是优势产业。

曾经,"守着绿水青山过着穷日子"这一现实困境,像一副千斤重担压在这里。瘠薄的草场和土地磨砺着女人们的生活技艺,男人们为打工奔走四方,无论他们如何坚韧,获得的还是并不稳妥的光景。

这里是青海省海北藏族自治州。由西宁一路向西,近80公里的祁连余脉中,就可以找到这个名为"海晏"的高原小县城。

如今,这个名字正在奔向全面小康的路途中展现出令人鼓舞的现实模样。聚脱贫、重产业、优民生一系列举措不断更新人们对于海晏的认知。

2015年是海晏的历史拐点。此后,她的命运开始了对贫困的加速逆转。

3年,马生泉打了一场"翻身仗"

进入8月,草原最美的季节。

县城中,马生泉的日子忙碌却幸福。

马生泉是海晏县永强家政服务有限公司的经理,与一支13人的团队每天穿梭在大街小巷,为居民送去干净和整洁。三年前,他们还都是建档立卡的贫困户。

临近中午,马生泉接到电话,有顾客要打扫商铺。他叫了3名工人,不到两个小时收拾完毕,600元到手,马生泉分了280元。

"去年营业额50万元,我个人收入就有6万。"见记者前来采访,忙着收拾工具的马生泉有些腼腆地说,"人穷不能穷志,勤劳就能致富。"

金滩乡新泉村,这是47岁的马生泉生活了大半辈的村子。家中有16亩山地,一年收成也仅够维持日常生活,母亲身体残疾,儿子还在上小学,贫困潦倒的生活让这个中年汉子看不到生活的希望。

2015年新泉村因国家政策整村搬迁到了县城中,土地被流转,马生泉一年能拿到1300元,但这远远不够维持家庭开支。之后马生泉成立了流动式家政服务工作站,打起了零工。一辆三轮摩托车、一些工具,就是他的全部家当,每天起早贪黑,一年收入不到8000元。

眼看基本生活有了保障,也尝到了家政服务"甜头",马生泉对于靠劳动摘掉贫困帽子充满了期待。不过,刚开始时马生泉很迷茫:有劳力、没本钱,到底怎样才能挣钱脱贫致富? 2017年3月,靠着产业扶持资金和东拼西凑的钱，马生泉成立了家政公司，当起了老板。

3年下来，马生泉陆陆续续与13名贫困户签订了劳动合同，并为他们购买意外保险。"我是贫困户，我也要带其他贫困户致富。"马生泉说，员工每年收入能到2万元，除此之外在县扶贫局的支持下每年还会进行业务培训。

今年，马生泉公司的业务范围由家政服务拓展到土建工程、劳务信息传媒等方面，经营范围也从海晏县扩大到周边西海镇和刚察县。

马生泉的"翻身仗"，讲述的是海晏县始终把脱贫攻坚作为重大政治任务和第一民生工程，通过引导与帮助昔日的贫困户变成今日脱贫模范的典型故事。

"脱贫不脱贫，老乡说了算。"正如村集体经济的壮大，改变了东达村发展的维度。

东达村——"钱"景无限

发源于海晏的湟水河，从金银滩草原淌过。

日头渐高，寻得一块树荫地，张友龙拿出干粮，大口地吃起来。

张友龙是东达村的村民，也是护林员，"这里的山、水、林、草、湖都要进行巡护，几天前在地里我还看见了黑颈鹤。"

担任护林员，张友龙一年可以拿到14400元。"现在党的政策好，机遇也多。"张友龙的父亲当了村子保洁员，每年有7200元收入，两个孩子分别上小学和幼儿园，小学是寄宿制，村办幼儿园也离家不到200米，80岁的奶奶还可以领到高龄补贴，一家人的日子过得挺有滋味。

"以前，750人的村子有20户是贫困户，其中13户因病致贫，3户是无劳力。脱贫要'两不愁'，不愁吃不愁穿，我们村还有第三愁——愁娶媳妇！"村党支部书记牛生有说，2015年前，东达村是海北州最困难的村子之一，"一年娶不来一个媳妇"，当地人都说，东达东达，不是"冻"（霜冻）就是"打"（冰雹），自然条件之恶劣可以想象。

不能再穷下去了！从2015年起，东达村"激活"本村资源：发展蘑菇特色种植，田地进行集约化管理，成立3万平方米规模的养殖合作社。东达成功"破题"，一跃成为当地一枚象征幸福的标签。

牛生有给记者算了这样一笔账：蘑菇种植从2016年形成规模，当年纯收入就有13000元；合作社2019年牛羊出栏达7万头（只），总产值破亿，全村收入1700万元，村集体收入26万，养殖业成为支柱产业；4000亩土地如今10人照看即可，解放了全村471个劳动力。

现在好了，"三不愁"实现了，嫁到东达村的姑娘也越来越多，村里150户人家，有90户家里都有了小汽车。

村集体经济壮大的背后，是为周边提供的脱贫致富发展样本。

离东达村不远的仓开村通过整合耕地，成立种植合作社和流转土地，2019年村集体经济收入29.8万元。这些钱，村里给建档立卡贫困户分了红，并代交全村水费和部分医疗保险。

以此为带动，东达村所在的金滩乡成立了"能人议事会"，号召"能人大户"、专业合作社、私营企业积极认领贫困户助力精准扶贫。在东达村合作社中，有9名贫困户就来于此，每人每月工资1500元。

向小康生活迈进，源于追求幸福的意志，抱团发展的力量，更有对原乡故土的热爱。正如哈勒景乡遵循一方水土养一方人，这种相互供养的朴素法则。

"种养循环" 哈勒景乡"点草成金"

秋已至，草原和人心都萌动收获的喜悦。

全部美好，都有理由属于这片土地上的人们。

"在奔小康的路上，产业发展不能一哄而起，项目单一、同质化的后果就是面临市场风险。"

"在这场脱贫攻坚战中，党和政府投了那么多钱，如果没有让老百姓有归属感、自豪感，甚至优越感，一切都是徒劳。"

聊着聊着，全生贵有些动情。

全生贵是哈勒景乡的党委副书记，作为一个牧业乡，1700多人的乡镇人均草场只有360多亩。以前，牲畜多草场少，长此以往导致了环境的压力。在生态环保和经济发展之间如何抉择，哈勒景乡给出了答案——农牧业生态循环经济。

最近正是农闲时节，但才郎龙知布却没有闲着。除了要整修秋收机械，他还得照看通过无息贷款买来的160多只羊。

42岁的才郎龙知布是乌兰哈达村的村民，曾是建档立卡贫困户。现在他有两个身份——村里农机服务队的队员和牧民。

"一村一品牌，主副业兼顾，全乡一盘棋"这是哈勒景乡现在的发展格局。乌兰哈达村劳动力多，在乡上的统一安排下，2018年成立了农机服务队，选出13名队员，利用投资购买的收割机和播种机与永丰村合作，实现饲草春耕秋收全程机械化。

才郎龙知布每年春耕、秋收时最忙，作为拖拉机驾驶员，这4个月中每月能拿到2800元左右的工资。他说："成立农机服务队，一方面服务了广大村民，一方面又实现村集体经济壮大。"

乌兰哈达村农机服务队缘于一次壮大村集体经济的讨论。"每逢收割季，都有外地的收割机队到来，说明我们本地就有很大的市场。"全生贵分析说，而多年来牧民都只局限于非种即养的传统发展模式，尚未跳脱出"靠天吃饭"的思维。

哈勒景乡下辖永丰、哈勒景、乌兰哈达三个行政村。有了农机服务队作为后盾，永丰村成立了以"草业＋饲料"加工为主的合作社，保障全乡畜牧业发展根基，哈勒景村则根据自身优势成立合作社发展畜牧业。此外，乡上还建成了有机肥厂，进行牲畜粪污处理，使循环链更加完善。

"这样一来哈勒景乡产业形成了'循环'发展——'农作物—饲料加工—草食家畜—有机肥加工—过腹还田'的模式。""点草成金"牧民生活水平逐步提升，之前全生贵心里的一块大石头总算落下了。

土地对生存的滋养，没有人比百姓更理解。正如村里老人们常说的那句话："只要多用心，土地不会亏待咱"。

2015年，海晏县通过精准识别，共核定重点贫困村12个。识别出建档立卡贫困户732户2307人，贫困发生率为11.9%。

2016年完成3个贫困村退出，260户859人稳定脱贫，贫困发生率下降至6.3%。

2017年完成5个贫困村退出，326户1036人稳定脱贫，贫困发生率下降至1.9%。

2018年完成4个贫困村退出，146户412人稳定脱贫，如期完成所有贫困村退出、贫困户脱贫各项指标，贫困人口全部实现"清零"，"两不愁三保障"目标全面实现。

2019年、2020年，海晏县狠抓脱贫攻坚巩固提升工作落实、政策落实、责任落实，积极对已退出的贫困村、脱贫人口开展脱贫"回头看""补针点睛"工作。

而这背后是海晏县认真贯彻落实中央及省州脱贫攻坚工作部署,写下波澜壮阔的发展篇章,实现从"贫穷落后"向"脱贫致富"华丽转身,从"脱贫致富"向"高水平全面建成小康社会"持续迈进。

"摆脱贫困,冀以小康,这是百姓对美好生活的向往,也是海晏县委、县政府不断为之奋斗的目标。"海晏县民政和扶贫开发局副局长张俊明说,海晏举全县之力,全面吹响打赢脱贫攻坚的进军号,脱贫攻坚责任、政策、投入、监督、考核等制度体系不断健全,工作重视程度之高、力度之大、规模之广、影响之深前所未有,精准扶贫工作取得决定性进展,2016、2017、2018连续三年获得全省脱贫攻坚考核总体评价"好"的成绩,荣获2017年度全省脱贫攻坚"先进集体"称号,2018年、2019年连续两年获得青海省脱贫攻坚年度优秀奖。

每个数字背后都有一个故事,这些不同的故事,都有类似的后缀——"这样的光景,以前想都不敢想。"

·选自"青海新闻网"2020年8月19日·

屏边：着力打造"生态+"精准扶贫实践新样板

王玺钦

如果说美丽是对品质屏边的最好诠释，那么绿色即是生态屏边最靓丽的底色。

走进云南省屏边苗族自治县，一个碧浪排空、浩瀚无边的森林世界便跃入眼帘。绿色模糊了四季变迁，让枕着青山、依着绿水、伴着蓝天的屏边时时处在"颜值巅峰"。

近年来，屏边县始终把习近平总书记关于生态文明建设重要指示转化为"美丽苗乡·森林屏边"的美好愿景，在"共抓大保护，不搞大开发"的战略引领下，以生态保护和经济发展相融合为主线，立足生态资源禀赋，大力实施"生态+"工程，成为全县人民共同的致富密码，一度改变了曾几何时，守着山清水秀却挣脱不了过穷日子的尴尬窘境。

做优"生态+就业"，让农户在生态保护中脱贫

就业乃民生之本、财富之源。屏边县作为第一批国家重点生态功能区、全国生态文明示范工程试点县，林草覆盖率达64.82%，林木绿化率69%，生态红线、基本农田保护区、公益林、水源保护地等受保护地区面积占国土面积的56.5%，养山护水的生态建设和保护任务非常繁重。为切实有效地解决既保护生态又致富脱贫的问题，在不断强化生态文明

建设、保护生态资源中充分调动农户的积极性。通过政府购买服务的方式，按照县建、乡聘、村用的原则，从 76 个贫困村建档立卡贫困户中，择优吸纳有劳动能力的 937 名贫困群众担任生态管护员，实行动态考核管理，一年一聘，管护森林面积 81.55 万亩，每年户均增收 8000 元、人均增收 2000 余元。2017 年以来累计兑现补助资金 1369.6 万元，取到了"一人护山、全家脱贫"的良好成效，实现了生态资源得到保护、农民就业增收促脱贫的双赢目标。同时，及时发放退耕还林和草原生态补偿等政策资金。2019 年发放退耕还林补贴资金 1056.918 万元，惠及建档立卡贫困户 920 户，补贴资金 412.7428 万元；草原生态补贴资金 324.65 万元，补贴农户 29374 户，切实增加建档立卡贫困户转移性收入。

玉屏镇庞朝德，2016 年被县林草局聘为生态护林员，每年有 8000 元的收入，平时还能就近打零工，每天也能挣一两百元。镇党委政府还实施了农危房改造，日子过得一天比一天好，他说，这些都还得感谢党的好政策！

期咪村委会陶金忠，由于年纪较大无法外出务工，2018 年被聘为乡村环境卫生清洁员，每年可增加 6000 元收入。儿子和儿媳常年外出务工，每年增加收入 6.5 万元，2018 年成功摘掉了"穷帽子"。谈到这些，老人的脸上总是流露出喜悦的笑容，而他仅仅是乡村公益性岗位受益者之一。

根据部分建档立卡贫困户、分散供养五保户、低保户、残疾户无法外出务工实际，将精准扶贫与农村环境卫生整治工作相结合。2014 年以来，共开发保洁、护路员等生态公益性岗位 2621 个，让贫困户在家门口就业，既谋得了就业脱贫途径，又改善了农村卫生环境，户均增收 6000 元左右，实现了精准扶贫和美丽乡村建设的双赢。

为充分解决建档立卡贫困户就业问题，依托引进的 149 家新型经营主体，面向建档立卡贫困人口提供 3450 个长期性就业岗位、25869 个以上季节性或临时性用工岗位，长期使用建档立卡贫困户 1190 人，就业人员年人均工资收入 1.764 万元。积极组织开展农村贫困劳动力技能培训、创业培训 12473 人次，转移就业 24280 人，实现转移一人、致富一家的目标。

做特"生态+产业"，让农户在绿水青山中致富

产业是发展的基础和依托，产业兴则百姓富。近年来，屏边县把发展绿色产业作为精准扶贫、精准脱贫的必由之路和根本之策，始终把培育壮大特色产业作为群众增收致富的主要抓手，积极引导贫困村、贫困户重点发展以荔枝、猕猴桃、枇杷为主的种植业"十百千"产业，以杉木、桤木为主的"百万亩"绿色产业，草果、砂仁为主的林下产业。同时，加快发展以生猪养殖、肉牛养殖、山地鸡养殖和鲜食玉米种植、食用菌种植为主的"短、平、快"增收致富项目，将生态优势转化为经济发展动力，走出了一条"产业发展生态化、生态建设产业化"的致富路。

全县累计发展荔枝 6.6 万亩、猕猴桃 6.3 万亩、枇杷 8 万亩，香蕉、菠萝等其他水果 18.22 万亩。巩固杉木、桤木等用材林 105 万亩，发展草果、砂仁等林下经济作物 31 万亩，发展生猪养殖 13.5 万头，家禽养殖 115 万羽，基本实现了村村有林木、户户有果树、家家有畜禽目标。积极引进和培育龙头企业、农民专业合作社、家庭农场等新型农业经营主体 149 家发展特色产业，有效带动贫困户 13057 户 51338 人增收脱贫致富。

在和平镇白鸽村委会，数十人正在为白芨、重楼、黄精等林下中草药除草，呈现出一片忙碌景象。和平镇依托丰富的森林资源，积极引进红河苗乡生物药业有限公司，带动群众大力发展林下中草药种植，流转

土地 1700 余亩，辐射 462 户贫困户种植白芨 924 亩，带动贫困群众近 2000 余人。每年解决农村剩余劳动力就业 6000 余人次，支付务工农民薪酬 200 余万元，长期聘用建档立卡贫困户 7 户，户均年工资 5 万元。

白鸽村委会罗自祥说：2016 年就到公司参与种植管理，不但每月能得到 4000 左右的务工收入，还学到了种植技术，自己也种了 11 亩白芨，三四年就可以出售，一亩鲜白芨产量可达 3 吨左右，公司还跟我签订每公斤 20 元保底回收协议，只要管理好，就不愁没销路。

做实"生态+搬迁"，住房安全和生态宜居双赢

屏边县是一个十分典型的山区县，同时也是一个典型的少数民族自治县。农户居住大多比较偏远、分散，针对生态较为脆弱、环境恶劣和部分农户生产生活还比较传统、文化水平相对低下、生态意识淡薄、基础设施相对薄弱、地质灾害威胁大等情况，全县按照科学精准、业房并重、生态宜居的原则，对"一方水土养不活一方人"地区的建档立卡贫困人口实施易地扶贫搬迁，实现搬迁与脱贫同步，生态与宜居双提升。2017 年以来，全县共实施易地扶贫搬迁集中安置点 37 个，搬迁 3389 户 13878 人，其中建档立卡贫困人口 2499 户 10471 人，同步搬迁 890 户 3407 人。

马琼英之前生活在湾塘乡五家村委会三青马村。过去，受居住条件制约，他们家一直都是依靠"三分薄地"种植玉米等传统农作物维持生计。去年，马琼英通过实施易地扶贫搬迁到湾塘乡集镇沿河村易地扶贫搬迁安置点后，不仅生活条件好了，孩子上学也方便了，自己就近打零工，每天能挣 100 元以上，日子过得很幸福。

屏边县在实施易地扶贫搬迁过程中，始终坚持对生态的恢复和保护

方向不变，力度不减。按照宜耕则耕、宜林则林、宜草则草的原则，对实施易地扶贫搬迁户全部进行分类实施复垦或复绿，实现了"人退林进"，有效促进生态功能恢复。通过易地扶贫搬迁极大地改变了群众生存环境，有效破解山区精准扶贫、偏远人口向集镇聚集、推进城乡公共服务均等化、山区地质灾害防治等诸多难题。易地扶贫搬迁不仅改变了山区群众居住环境和传统手段的生活生产方式，更重要的是能让他们学习先进的科技知识，养成良好的生活习惯，在观念、意识、知识水平、能力素质等方面得到全面提升，帮助他们摘掉"穷帽子"，走上致富路。

选自微信公众号"苗乡屏边"2020年5月9日

花红菜绿好光阴

张雪峰

我们带了两袋政府救济面粉、两大桶清油,来到了县里指定的帮扶贫困户的家里。从新打的庄院看得出来,这是一个刚刚自立门户的小家庭。

日子的清寒不仅体现在女人菜色的脸上,院子里的大门不是河湟地区常见的砖瓦大门,而是在土墙上直接挖了一个类似拱门的洞,又安上一面木板钉就的大框子,就是门了。新盖的土坯房,窗户没有装玻璃,因陋就简地钉了一块塑料布,风一吹,就呼呼作响。

女人接过我们的慰问品,脸上却没有一般被接济者的惶恐和羞涩。她笑着接过慰问品,落落大方地道过谢。递过面粉时,我看到她的手骨节很大,粗而且黑,跟清瘦的身体比起来,有些不相称。看得出她是真心感谢我们送来的面粉和清油,只是这个家里显然没有什么好招待客人的东西。女人说:"这家刚刚另(青海方言,'分家'的意思)出来,怕你们进屋不自在,就在院子里坐一会儿,喝点水吧。"说着她进屋搬了炕桌和小凳子出来,当院摆下。等我们坐定,她又端出一盘子馍馍、4个玻璃杯,又从院子里摘了几朵金盏菊,泡在水杯里。没过一会儿,清水变成了漂亮的金黄色。我尝了一口,舌尖涌上一股苦中回甘的清香。

院子不大,清扫得却很整洁。墙角堆着农具,屋檐下的自行车擦得锃亮。东侧的空地上,拴着一头黑白相间的小牛。西侧的墙根下,种了一畦卷心菜，正是盛夏时节，卷心菜包得像一个个紧握的拳头。卷心菜的间隙，又密集地种了芫荽梅、金盏菊。芫荽梅正在结花苞，金盏菊早已迫不及待地怒放，就像一个个笑容灿烂的矮人，挤成一团，簇拥着卷心菜，使得卷心菜几乎没有空间伸展身子。

同事看到这个场景，好心地提醒女人："菜和花套种，菜和花都长不好，不如把花拔了，这样菜才能长得起来。"女人放下手里的针线活，笑着说："我是想要菜，也想要花。有时候坐在炕上，心里闷得很，一抬头看到塑料布上有花的影子，心里就亮堂多了。"

女人送我们出了门，突然说："以后会好起来的！"同事愣了一下，说："好啊，你有信心就好，肯定能好起来的。"女人有些着急，涨红了脸说："以后我们不要救济了，救济是给老人和病人的，我们有手有脚，不用公家养着。等奶牛长大了，我喂牛，我男人到城里送奶，会慢慢好起来哩。"

在回城的车上，同事有些打不起精神地说："菜地里种花，我还是第一次看到。肚子吃不饱，还要种花，我好心提醒，人家还想法很多。我们扶贫，人家未必感激呢。"我突然有一种想反驳他的冲动，但话到嘴边，又决定不说什么了。进村前，来扶贫的人似乎就为对方设定好了贫穷者的心态，当然就看不到红花绿菜背后的好光阴。

在我看来，这家人虽然日子过得清苦，但并不贫穷。他们的家花红菜绿，庭院安详。只要风调雨顺，他们的日子就会依时拔节，慢慢好起来，正如那苦中回甘的菊花菜和女人清瘦却充满希望的脸庞。

选自《读者》（乡土人文版）2013年第11期

脚趾敲出的美丽人生

张津津

在一个阳光明媚的午后，记者见到了正在用脚趾敲击手机屏幕的王啥啥（原为王莎莎，上户口时错登记为王啥啥）。这是一个漂亮的女孩，脸上挂满了灿烂的笑容。由于患有严重的脑膜炎后遗症，王啥啥全身除了脚趾以外全部变形僵硬。即便这样，她依然用顽强的意志，用脚趾为自己敲出了一段美丽人生。

妈妈告诉我要坚强

31年前，王啥啥出生在安徽省宿州市灵璧县娄庄镇姚山村一个贫困农家，漂亮女儿的出生让一家人乐开了花。好景不长，一年后的一个寒冷冬夜，王啥啥突然发起了高烧，父母急忙将她送到村里的诊所。连续打了几天针，症状却丝毫没有减轻，年轻的父母慌了神，借钱将她送到市里医院就医。"你们来得太晚了，孩子患上了脑膜炎，错过了最佳治疗时机，以后能站起来就不错了。"

转眼间，4年过去了，别人家的孩子已经可以到乱跑，可王啥啥连路都还不会走。为了锻炼她走路，母亲曾庆玲便拿来椅子，让她扶着椅子慢慢练。有人劝曾庆玲，"你们家日子过得这么难，咋还能养活一个残疾孩子，不如扔到路边算了，兴许还能遇上个好心人，收养了她。"曾庆玲一听急了,"你看看我孩子身上那青一块紫一块,全都是她为了练习走路摔的,她自己都没放弃,我要是把她扔了,那还算个娘吗?"

就这样,王啥啥在母亲的帮助下练习了两年。无奈,她的后遗症太严重,肢体完全扭曲,在医生的劝说下,只能放弃练习走路。到了上学的年龄,由于生活无法自理,父母又要忙农活,王啥啥只能留在家中。那段时间,她最喜欢坐在家门口,看小朋友们去上学,有时还会笑呵呵地与他们打招呼。可在别的孩子眼中,"歪歪扭扭"的王啥啥是个怪人。一次,村里调皮的小男孩,将石子扔到了她身上,在她身边转着圈地笑她是"怪物"。磕得浑身青紫时没掉一滴眼泪的王啥啥哭了起来,她第一次觉得自己和其他人不一样。

那天晚上,王啥啥问母亲,"妈,我是怪物吗?"听了孩子的话,曾庆玲一下红了眼圈,她不知道怎么劝自己的孩子,只能紧紧地抱住王啥啥告诉她要坚强。懵懂的王啥啥并不知道母亲口中的坚强具体指什么,但她知道,坚强就是遇到委屈不能流眼泪。

从此,"妈妈告诉我要坚强"成了王啥啥的口头禅,即使受了委屈她也没再掉过一滴眼泪。

决不能做家里的拖油瓶

不能上学,无法识字,缺乏与同龄人之间的交流,王啥啥时常感到孤独。长年累月,她只能躺在床上,靠着家中那台黑白电视机了解外面的世界。没有朋友,她就把家中养的小狗当作朋友,父母给的饭菜,她总会省下一口留给自己的"小伙伴"。

2015年2月,王啥啥在杭州打工的弟弟,为她带回了一部智能手机。谁都没想到,就是这部小小的手机,成了打开她另一种人生"大门"的"钥匙"。

互联网的大千世界，一下吸引住了王啥啥。手指骨骼严重变形，她就用相对灵活的脚趾操控手机。她将手机放在脚下，用左右脚的大拇指滑动页面，用脚趾缝夹住手机，调整手机方位。看到姐姐不方便，心细的弟弟特地制作了一个木匣，用来放手机。长期的练习，使她的脚磨破了皮，磨出了血泡，但她从不在意。很长一段时间后，王啥啥的脚趾越来越灵活，操作起手机越来越得心应手。她注册了微信账号，通过语音，结识了不少朋友，网络让她的生活范围被无限放大，她觉得自己再也不孤独了。

一次偶然的机会，王啥啥从网友那得知了"微商"这个职业，网友建议她可以通过做"微商"，在微信上卖货赚取差价挣钱。能挣钱，王啥啥很是心动，但转念一想，自己大字不识一个，手脚还不方便，是否能做好，她心里没底。

当天，母亲曾庆玲像往常一样照顾王啥啥刷牙、洗脸、洗脚，当母亲将她从轮椅抱起来时，她突然发现，之前一把就能抱起她的母亲，现在吃力了很多。这时她才注意到，母亲的头发白了很多，脸上也爬满了皱纹。那天晚上，王啥啥躺在床上一夜未眠。"自己虽然身患残疾，但绝不能做家里的'拖油瓶'。"她暗自下定决心。

第二天一大早，王啥啥联系到那个网友，希望他能够先发一批货的样式，让她试着在朋友圈推广。推广产品，王啥啥遇到最大的难题就是不识字。"我没上过学，不认识字，有时候客户发来语音我还能回复，可要是客户发过来文字，我就傻眼了。"王啥啥不好意思地说道。

王啥啥知道，对她来说干成一件事从来都不容易。她做出了一个惊人的决定——自学汉字。她将手机字体调至最大号，下载了百度翻译的手机软件，将客户发来的文字复制粘贴，反复听每一个字的读音，在心中记住每个字的"长相"。现如今，王啥啥已经可以熟练使用1500多个汉字，与客户沟通起来毫无障碍。

有了前期各项准备，2016年初，王啥啥的微店开张了。3个月坚持不懈地推广，她成功卖出了一件迷彩短袖，挣了十几元。这十几元的收款记录，王啥啥到现在还存在手机里，"这是我的第一笔收入，它证明了我也可以靠自己的能力挣钱，这对我来说比金子还要贵重。"

是党的好政策给了我第二次生命

2017年的一次走访过程中，姚山村驻村第一书记戴安君了解到王啥啥的事迹后深受触动，"这是最鲜活的自力更生典型，我们必须大力支持。"

为了帮助王啥啥将自己的微店做大做好，戴安君为她申请了电商发展资金，并联系县电信公司，为她减免了每个月的网络费用。去年十月初，他更是为王啥啥带来了一个巨大的好消息。"啥啥，过几天县里要举办残疾人电商扶贫培训班，我已经替你报了名，你好好学习电商知识，其他不用担心，县里都已经安排好了。"

2018年10月13日，王啥啥坐上了县里特意为她安排的车，她兴奋极了，不仅因为马上能学到专业知识，还因为这是她有记忆以来第一次离开姚山村。那天晚上，坐在宾馆窗户前，她拍下了县城的星星点点，并将其发到了朋友圈，"原来，我们灵璧县城的夜景是这么美，我以后的生活也肯定很美！"

3天培训时间，王啥啥恶补了电商的运营方法、注意事项还有电子商务法和广告法的相关内容。没办法做笔记，她就将老师讲课的内容用手机录下来，回来以后一遍遍地听。懂得了这些知识，王啥啥运营起自己的微店来，越来越有底气了。

根据王啥啥的特殊情况，灵璧县商务局为她注册了"贝店"账号，通过"贝店"客户端，她可以销售日用百货，货源和质量也有了很大保障。王啥啥告诉记者，她将自己的"贝店"命名为"心心"，将自己的网名改为"王心"，"就是要告诫自己，不要忘记党和政府对我的帮助和关爱，要用心待人，用心生活。"

在今年灵璧县的扶贫日上，王啥啥作为自力更生典型代表上台发言，演讲中她的一句话感动了在场的所有人，"我从小没上过学，也没读过书。但我知道天上不会掉馅饼，要想改变自己的命运，就要自己去拼、去干！"

王啥啥是这样说的，也是这样做的。

经营起自己的微店，王啥啥丝毫不含糊。联系货源，与客户沟通，及时查看物流信息，并在交易结束后主动询问客户使用体验……"开店3年，我的店没有收到过一次差评！"说起这些，王啥啥的眉眼中充满了自信。如今，王啥啥的固定客户有300余人，收入总额达到3万余元。

今年6月，一位从合肥来灵璧调研的干部了解到王啥啥的情况很受感动，离开前他将500元的红包发到了第一书记戴安君微信上，希望他能代为转交给王啥啥。可当戴安君拿着钱找到王啥啥时，却被她拒绝了，"书记，这钱我不能要。大家过日子都不容易，这些钱我可以自己挣，请您帮我把这钱退回去吧！"

听了王啥啥的话，戴安君再也控制不住自己的情绪，眼泪夺眶而出。"啥啥家里的情况我太了解了，对于这个残疾孩子来说，挣每一分钱，都要比平常人多花好几倍的力气。这500元可是她好几个月的收入啊！"说起这些，戴安君红了眼圈。

不想给别人添麻烦的王啥啥却丝毫不吝啬献出自己的爱心。2019年7月，她的朋友圈中出现了一条水滴筹信息。邻村一个贫困家庭的孩子患上了急性白血病，急需30万元的住院费，希望社会各界的爱心人士伸出援助之手，挽救这个幼小的生命。王啥啥看到后，立刻往求助者账号上打了100元爱心款。"我能力有限，100元也不多，希望多少能帮上这个孩子一点，希望他能尽快好起来。"

王啥啥是个非常知足的孩子。有一次，陈迎冬去探望王啥啥，问她是否有需要帮助的事情。本以为她会向自己要一些资金或政策上的帮助，可王啥啥却提出了一个令陈迎冬怎么都想不到的要求。"领导，您有李娟（2017年全国脱贫攻坚奖奋进奖获得者，身残志坚，靠自己努力发展电商，并带动周边残疾人脱贫致富的宿州市典型人物）的联系方式吗？我想向她请教电商知识。"现在王啥啥和李娟已经成为微信好友，她们相互鼓励、相互支持，在脱贫致富的路上越走越坚实。

在李娟的感染下，王啥啥也希望自己能为身边的残疾人贫困户做些什么。如今，只要有残疾人向她请教电商知识，她都将自己的经验倾囊相授。有人问她，"你把别人教会了，就不担心他们抢你生意？"王啥啥每次都笑着说："不怕，这是我唯一能回报党和政府对我帮助的方式。"

"我想对县里的各位领导，真诚地说一声'谢谢'，是你们给了我第二次生命，让我这样一个病榻上的残疾女孩，重新'站'了起来！""我是不幸的，却又是最幸运的。是党的好政策、好干部，给了我第二次生命。我知道感恩、懂得珍惜，我相信，只要我继续坚持、继续努力，就一定能早日过上好日子，实现我的人生梦想！"采访过程中，王啥啥的每一句话都深深地感染着在场的人。

不向命运低头，真诚热爱生活，这是记者采访王啥啥过程中最大的感触，这个坚强美丽的姑娘用自己的行动为我们诠释了自力更生的深刻内涵。

选自《中国扶贫》2019年第23期

"孤岛"突围记

惊 鸿

在甘肃省静宁县深度贫困乡镇原安的北部,有一个与宁夏西吉县王民镇隔溪相望的极贫村落坷老村,在当地是出了名的贫困。依山而居在村子最北端的杨湾社,更是"困中之困",被当地人形容就像个"孤岛"一样悬在甘宁两省区的交界处。

据老辈人讲,杨湾社的历史可以追溯到民国时期。有杨姓人家从静宁县治平乡迁徙而来,他们在此地开荒耕种,繁衍子孙,于是便命名为杨家湾,1983年改称为杨湾社并沿用至今。现在,杨湾社有杨、田、武、聂、张五个姓。

杨湾社原来还有30户人家,因为守不住穷,稍有点儿能耐的人家都通过务工、参军、随亲等途径举家迁走,所以就剩下现在的12户50口人,其中11户是贫困户,且留守者全是老弱妇幼。更让人心生凄凉的是,有15人存在不同程度的残疾、4人因患病丧失劳动能力。最最要命的是,前些年,这儿还一度是传染性疾病肝炎肆虐蔓延的地方。

到过这里、了解坷老村现状的人都会忍不住摇头:就算再怎么努力,这个村子是没救的!

"自卑"与"绝望"已经融入全村男女老少的骨髓之中,他们自己也认为,除了搬走,别无出路。一直以来,老实巴交的杨召权和他的乡亲们认为，在他们这辈人的有生之年，坷老村是绝不可能发生啥大变化的！

由于近些年比邻相望的宁夏西吉县实行大规模易地扶贫搬迁工程，再加上农民进城打工现象的加剧，导致环杨湾社三面的宁夏村庄几乎成了无人村，只有一个叫黑刺湾的地方，在全庄整体搬迁后，仅剩一位老人与他的一只狗相依独守故院。方圆几十公里，根本听不见人声，这让杨湾社更显孤独绝望。时任镇党委书记的赵小灵，曾登上山顶四顾而望，感到茫然无措。在哀民多艰的同时，他下决心要让杨湾社走进新时代，跟上全镇人脱贫致富奔小康的步伐。

山大沟深的原安镇，多是坡陡弯急的盘梁路，但幸好，近年来乘上精准扶贫的东风，全镇的路基本上都是新修的。特别是通往坷老村杨湾社的路，更是修得宽阔平坦。当初，时任镇党委书记赵小灵提出要给杨湾社修这条路时，其他镇领导班子成员并不赞同。因为该村过于偏远、人口又少，比起高耗的修路建设，实在不划算。最重要的是，有限的项目资金的每一笔使用都会影响到全镇的整体工作。但赵小灵坚持认为，锦上添花易，雪中送炭难。在精准扶贫的道路上，不能让任何一村、一户、一人掉队，扶贫资金不是搞路边盆景，不是搞锦上添花，是要给最偏远的、最困难的、最急需的群众"绣"出幸福花。

在快进入坷老村的一个山头上，"坷老梦"三个绿色大字映入来客眼帘。据说，这是驻村干部用四季常青的油松"写"出的，寄托了奋斗在这方山水间的干部群众对坷老美好未来的盼望。

2017年，除了一条直通新民居的新修通村路，还修了一条跨过沟床、接通对面宁夏村子的小路。驻村干部呵呵笑着说："在赵书杰带领下，咱们一不小心就干了两个省的事。"事情是这样的，杨湾社村民与对面西吉县的村子里还在的几户人家关系比较密切，由于人口少、离得近，红白事大家一直是互相帮助的。在了解到这些内情后，时任镇党委书记的赵小灵拍板决定，为了方便他们联系，在修通村路时顺便延伸了一条小路，将两个村连了起来。

三年前进村，记者曾采访过76岁的杨生元老人，他热情地把我们迎进了他那破旧的土坯房。屋子里光线很暗，摆着几件旧家具，凌乱的土炕上叠放着一床旧棉被。有些痴呆的儿媳一直低着头坐在院子里洗衣服。老人虽已年过古稀，但还是家里的主要劳动力，和40岁的智障儿子耕种着30亩薄田。77岁的老伴一直租住在镇中心幼儿园附近，照顾着在幼儿园上学的孙子女们。据老人说，他的两个孙女和一个孙子都患有先天性智力障碍，大孙女上学多年后仍写不出自己的姓名辍学在家，二孙女和小孙子2016年刚入园上学。一家7口人就靠30亩地和5头牛过活。

吃沟里的泉水，出门没有像样的路。赶集买东西也要推着架子车走好几十里山路，得花费整整半天时间。有些老人一辈子也没走出过重重叠叠的大山。

政府给大家修的新房子还没建成，王糜、杨生成老两口就住了进去。74岁的王糜老人虽然是一位盲人，但精神状态很好，脸上满是笑意。她喜欢坐在新房门口晒太阳，听着外面四五个工人帮她家修缮房子。由于没有劳动能力，杨生成、王糜是村里的低保对象，每年定期领取低保金。

还遇到一家人，72岁的武整帮和他60岁的老伴，儿媳有先天性智力障碍，结婚多年也没有孩子。见面时武整帮的老伴坐在院子里筛莜麦，儿媳坐在一边帮忙。从驻村干部齐扬统计的情况来看，全村12户人，有一半家庭中存在不同程度的残疾情况。因为穷，杨湾社的男人找媳妇很困难，贫穷与智障就像个魔咒，紧紧箍在这个村子的头顶上。

全庄没有一间砖房，搬走的人家院落、房屋东倒西塌，黑夜里的沉寂和阴冷让人不寒而栗。赵小灵说，最好的办法就是推倒重来，让这个被岁月抛弃的村庄重新入伍。

村民张俊奇老人回忆说，2016年的一天，当第一辆铲车开进杨湾社时，往日的宁静被打破，突然之间，机械轰鸣，这里开始热闹起来，人们纷纷走出家门，看着眼前的大家伙，眼中充满了好奇、兴奋，还有期盼。"那一天人们都很兴奋，我们都对那一天的记忆特别深刻。"张俊奇激动地说："现在的政策好啊，几辈人都没想到会不花钱、不出力住上新房子！晚上出门还有太阳能路灯照亮。"

"新房子有了，没想到还挂上了名家的书法中堂。以前我们庄的人家可是从来没有挂过中堂的。"看着中国书协会员杨东亮先生书写的中堂挂上了墙，杨湾社贫困户杨召权的幸福之情溢于言表。他说，感觉家里一下子有了文化气息，会把这幅中堂当传家宝一样珍惜！

前不久，当坷老村杨湾社村民每人为自己刚搬进的新家"领取"一份特殊礼物（中堂）时，大家互相道贺说，我们的好日子来了，坷老村从来没有像今年这么喜庆过。杨召权给前来开展文化扶贫的"县上领导"掏心窝子："我这辈子心里就敬服文化人！虽然认不得中堂上的字，但心里舒坦！"

穷惯了的坷老人，仿佛对"文化"这两个字天生存在卑怯和敬畏心理。虽然国家实行高考扩招政策已10多年了，但坷老村直到2001年才出了一个大学生，到目前为止也不过5个大学生，且不是高职就是大专院校，极少有名校就读者。究其原因，还是离不开一个"穷"字！

但让大家做梦也想不到的是，从2016年下半年开始，坷老村发生了日新月异的变化。所有变化源于乡党委、乡政府决定在坷老村杨湾社实施易地扶贫搬迁项目。该项目以最初的贫困户为基数，每人补助8000元，非贫困户每人补助5000元，另外每户有不低于10万元的项目扶持贷款。

经过乡村干部和当地群众数月紧锣密鼓的艰苦奋战，2017年5月16

日，当县委书记王晓军来到原安镇坷老村易地扶贫搬迁工程现场调研时，全村人已经整体搬进了新房子，而且村上还配套发展起了养牛业，想通过养殖让家家户户成功脱贫致富。王晓军书记鼓励大家，要有信心走出困境，自力更生，大力发展养牛产业，争取早日脱贫致富。

有了通村路，外面的车辆终于能进村了；有了自来水，再也不用吃窖水了；拉上动力电，可以放心地购买电动农机具了；搬进了新房子，亮堂日子到眼前了；建起了文化活动广场，安装了太阳能，整个村子热闹起来了！

看着全村人的日子终于越来越好，再看看当初"绣"在山坡上的三个大字"坷老梦"，杨湾社社长聂俊学和镇干部李举举、齐扬、万宝平、宋武威忍不住眼含热泪。每天看着村子发生日新月异的变化，真的像在做梦，不过做的是真实的梦、幸福的梦！

"为了我们坷老村，他们这些驻村干部可是脱了一层又一层的皮啊，乡亲们真的打心眼里感谢他们的付出。镇党委书记赵小灵是个好人，对我们的事很上心，从项目实施开始，经常到村上来，几乎成了家家熟。"聂俊学说，最让村民感激的是，政府的关心让坷老人出门在外也能挺起腰杆了，活着，有了尊严！

"政府扶我们一把，我们一定争口气把日子过好！"聂俊学每天不忘给全村人说一句鼓劲儿的话。看到村上的变化，50岁的韩炕炕大妈高兴得直抹眼泪："我们村现在变得这么好，就不怕再有人嫌弃了，我那30岁的儿子有希望找媳妇了！"

选自甘肃科学技术出版社《陇上百村纪事》

当代"愚公"敢向绝壁要"天路"

韩 振 周文冲

深秋,山谷。一条路,蜿蜒曲折如苍龙,一头扎入谷底村庄,一头通向群山之巅。这是下庄村的出山公路。

"我干了40多年村干部,最大的事情就是修了这条路。"重庆市巫山县下庄村村委会主任毛相林举目四望。那片山,曾将祖祖辈辈死死困住;山上,埋着6个为修路牺牲的兄弟……

16年前,毛相林率领100多名下庄村民,硬是用双手在山中凿出了这条8公里长的公路。接着,毛相林和村民们不等不靠,敢想敢干,决战贫困,续写"愚公移山"新篇。

"抠也要为子孙后代抠出一条路来"

1997年,38岁的下庄村党支部书记兼村委会主任毛相林,作出惊人决定——修公路。

下庄村位于重庆市巫山县竹贤乡,被四面千米高山绝壁合围,犹如坐在一口井中,修路难如登天。

当时唯一的出村路,是一条"108道拐"的古道,去县城一来一回至少4天。住在"井底"的近400名下庄村民,近一半人一辈子没走出过大山。贫穷闭塞成为下庄人难以摆脱的宿命。

"咱不能一直当穷汉，就算再难，我也要带头冲一冲。"毛相林在村民大会上给大家鼓劲："山凿一尺宽一尺，路修一丈长一丈。这辈人修不出路来，下辈人接着修，抠也要抠出一条路来。"

那年冬天，改变下庄人命运的这条路开工了。全村青壮年带着工具和干粮上山，吃住在山洞，睡觉就在腰间拴根绳子，另一头在老树根上打个结，以防夜里翻身掉下悬崖。为了早日修通公路，毛相林在山上住了3个月没回家。

修路远比想象的难。四周陡峭岩壁，很难找到落脚之地，胆子大的腰系长绳站在箩筐里，吊在几百米高的悬崖边钻炮眼，先炸出一小块立足之地，再用锄头、钢钎和大锤，一块一块把石头凿下来。

村民杨亨双回忆，有一次钻炮眼，他站在悬崖边，腿抖得凶，头顶还不时掉碎石。就在那时，毛相林说，你们都别动，我先下去探探底，一个人系上绳子下去了。工地上，遇到危险情况，毛相林总是第一个上，最重的活总是他带头干。

"路必须修下去，人不能白死"

开工修路第三年，不到两个月，接连有两名修路村民献身。

26岁的村民沈庆富，在修路时被一块巨石砸中，滚下几百米深的山谷。安葬沈庆富没多久，专门从外地回乡修路的36岁村民黄会元，也被滚落的石头砸中。

村民自发前来，为黄会元送行。看着黄会元悲痛欲绝的家人，毛相林无比愧疚，他声音颤抖着问大家："如果再修下去，可能还要死人。今天大家表个态，这路到底修还是不修？"

"修！"有人大声吼道。回应的人，正是黄会元的父亲黄益坤。"我儿子死得光荣。路必须修下去，人不能白死。"老人说。

在场所有人举起了手。毛相林忍住泪水，立下誓言：就算我们这代人穷10年、苦10年，也要把路修下去，让下一代人过上好日子。

此后，又有4名村民为修路献出了生命。为早日走出大山、拔掉穷根，下庄人没有退缩。2004年，在毛相林带领下，下庄村人用了整整7年时间，终于在绝壁上凿出了一条8公里长、2米宽的机耕道。

这是他们走出大山的路，这是他们走出贫困的路——下庄人祖祖辈辈的梦想终于变成了现实！

"还要让外面的人走进来"

虽然出山公路通了，但在当时，大多数下庄村民还生活在贫困线下。毛相林"趁热打铁"，带领村民种植柑橘，力争尽快脱贫。

不曾想，村里的500亩柑橘生虫，几乎绝收。毛相林召开村民大会，当众检讨："发展产业不能靠蛮干，做事不怕失败，关键是要从失败中找到原因。"

村民们又一次支持他。大家说，当年修路那么苦都过来了，现在这点困难算什么？

县里派来了柑橘栽种技术专家，手把手培训村民。几年后，村里柑橘产业"起死回生"，去年柑橘产量接近40吨。今年的柑橘就要上市了，毛相林说，产量比去年还高。

今年61岁的毛相林，把最好年华献给了这片土地。2015年，下庄村整村脱贫；到2019年底，全村累计64户269人稳定脱贫，贫困发生率降为0.29%，人均收入达1.2万元。

从这条路走出的年轻后辈，正在接棒家乡的振兴事业。29岁的毛连长，回到下庄做电商，叫卖柑橘、西瓜等土货；27岁的彭淦，是下庄走出去的第一批大学生，回到家乡成为一名教师……

　　毛相林还有更大的梦想：不单下庄人要走出去，还要让外面的人走进来。近年来，巫山县发展乡村旅游，下庄村19栋农房改造成民宿，开始接待山外来的游客。"再过两三年，旅游搞起来，我们的收入还会翻番。"毛相林信心满满。

选自新华社重庆2020年11月16日

南赵村种菊记

刘剑英

时值初冬，河北省邯郸市肥乡区南赵村的菊花却开得正好，成了远近闻名的一景。笔者慕名前往，但见道路两侧簇簇菊花争奇斗艳，千姿百态。菊花园内，菊花仙子、菊花巨龙等造型惟妙惟肖。产品展厅内，菊花茶、菊花酱等深加工产品琳琅满目。

从省级贫困村到"菊花小镇"，南赵村菊花产业从无到有，乡村旅游风生水起，朵朵菊花成了"扶贫花"。

2016年春的一天晚上，在邯郸肥乡区南赵村村委会，围绕如何发展特色扶贫产业，邯郸市规划局精准扶贫工作组、村两委干部和村民代表正在讨论热烈。

地处肥乡区与广平县交界的南赵村，154户、763人，2016年时有贫困户42户、193人。多年来，村民靠种小麦、玉米和外出打工为生，收入较低，村容村貌更是破败不堪。邯郸市规划局工作组驻村后，针对村庄缺乏特色产业的实际，经过调研论证，建议发展菊花种植和深加工产业。

可建议一提出，就遭到不少村民反对："咱祖祖辈辈种粮，要说种菜种瓜挣钱俺信，种菊花，不顶吃，不顶喝，能挣啥钱？""地里都种花了，吃粮咋办？"……

热热闹闹地讨论了两个多小时，还是没达成一致意见。

"村里讲不通，咱们走出去商量。"工作组组长康现金打定了主意。

几天后，工作组、村干部和村民代表一行6人来到全国知名菊花茶产业基地——安徽黄山。进市场，访茶农，一路走，一路看，带给大家太多"没想到"。

"除了制茶，没想到菊花还能做菊花酱、菊花酥、菊花酒等深加工产品。"

"一亩菊花挣两三万元，不敢想。"……

当年，村民门存岭试种了十几亩菊花，收入十分可观。他想扩大种植规模，可流转土地时却遇上了坎儿。

53岁的刘廷银，家里5亩耕地都位于扶贫产业园区。听说要流转自己的地，他说啥也不同意。

"流转土地有租金，扶贫资金可入股，还能在园区打工，咋不比自个种地强？"村干部几次登门，工作组组长承诺"赔了拿工资补"，老刘终于在流转协议上摁了手印。如今，老刘每年土地租金5000元，入股分红800元，加上在园区务工，一年收入3万多元，稳定脱贫。

采用"园区+家庭农场+农户"合作模式，2017年南赵村种植菊花400亩，2018年达1000亩，建起了菊花产业园，带动周边村种植3000多亩。

门存岭引进了金丝皇菊、昆仑雪菊、婺源皇菊等30余个品种，注册了"南赵"牌商标，形成系列深加工产品，年产值1000余万元。吸纳本村及周边村贫困户入股68户，每年保底分红10%。

不仅卖产品，还要卖风景。

区里相关部门支持实施了道路硬化、墙体美化等美丽乡村建设工程，按照"不填塘、不砍树"的原则,保护乡村自然生态,利用废弃坑塘打造了东篱公园等景观。

2017年秋天的一个晚上,工作组、村干部、村民代表又聚到一起,这次的讨论用了不到半小时,大伙一致同意:办菊花节!

连续两年的菊花节吸引了30多万游客,旅游收入达到了900多万元。从去年开始,菊花节由肥乡区委区政府主办,宣传、管理、营销更上了一个档次。

康现金如今信心满满,3A级旅游景区规划已编制好了,未来"菊花小镇"的名气将会更响,老百姓的腰包也会更鼓!

选自《河北日报》2018年11月20日

贫困县创造的"叮咚奇迹"

吕兵兵

"叮咚声响,生意上门!"这几年,以"叮咚"为代表的电商平台消息提示音,已成为山东省曹县乡村最悦耳的声音。大集镇丁楼村今年70岁的老农民任庆勇,扛锄头扛了一辈子,现在却能端坐在电脑前与客户熟练交流:"可别小看俺这双老手,这两年在网上谈成了1000多单生意,卖了40多万元的货。"

从2013年起,山东曹县吸引人才返乡创业,实现了传统农业生产方式和居民生活方式的转变。曹县电子商务形成了特有"一核两翼"的模式:即以农民大规模电商创业为核心,以电商平台与服务型政府双向赋能为两翼,在农民创新创造、政策支持、基础设施建设、人才培训、组织保障等方面形成了发展合力。2018年,曹县电子商务销售额达158亿元,淘宝村个数达113个,带动形成了演出服饰、木制品、农特产品三大电商产业集群加一个跨境电商产业带。

历经"萌芽、发展、扩散、转型"四个阶段

2010年3月,大集镇丁楼村村民周爱华,立足本村有制作演出服装的产业基础,在同学的帮助下在淘宝网上注册了网店。随后,纷至沓来的订单燃爆了这个小村庄:同村的村民纷纷学着开起了网店,临近村庄

一些村民也加入进来，由此产生裂变效应。于是，大集镇的村民们大踏步迈入了电商时代，到 2015 年累计销售额就达到了 12 亿元，带动农民人均纯收入翻了一番。

2015 到 2017 年，曹县农村电商迎来了飞速扩张的一个阶段。在这个阶段，曹县政府通过培训促动、典型带动、宣传推动、行政配套、政策先行和提供服务等方面，发挥推力作用来激发市场活力、打造发展环境，促进电商发展。到 2017 年底，曹县已有大型电商园区 6 家，各类电商企业 3500 多家、网店 4.7 万家、规模以上企业触网达到 70%。

2018 年以来，曹县农村电商进入转型升级阶段。一方面推进电商产品向品牌化转变，鼓励电商企业强化品牌意识、科学梳理适合网上销售的特色产品。另一方面推动电商产业升级，打造'e裳小镇'、荷塘小镇、木艺小镇等一批电商特色小镇，在淘宝村集群化发展的基础上，实现园区化、规模化、特色化发展，在发展电商乡村旅游的同时促进三产融合。

形成了"一核两翼"发展模式

"90 后"李通毕业于威海职业学院，老家在曹县孙老家镇，大学毕业后进入了一家投资公司任职，工作压力大、任务重，但他还是坚持了两年。在家乡电商产业蓬勃发展的势头下，李通看准了中国结市场的广阔前景，于 2017 年毅然选择了回乡研发、生产、销售中国结。

"创业对我来说，电商技术和理念不是问题，资金和中国结制作技术才是难题。"李通说，"好在建设车间有项目扶持，资金短缺可申请银行贷款，遇到的困难都在政府的帮助下顺利解决了。目前，我创办的菏泽市中华结工艺品有限公司已有员工 40 余人，年生产中国结 50 万个，年销售额达 350 万元。"

充分尊重农民的创新创造能力，发挥能人引领作用，鼓励开展大规模电商创业，是曹县创造电商奇迹的核心经验。曹县拥有175万人口基础，"大众创业，万众创新"的创业精神和创新活力根植于普通民众之中，曹县农村电商发展正是以全民草根创业为主，是一种"自下而上"的县域电商发展模式。

电商平台与服务型政府双向赋能构成了曹县经验的"两翼"。"在助力电商发展的过程中，曹县政府始终扮演着'中间人'和推手的角色，一边连接着广大的创业农民，另一边连接着电商平台和其他相关企业，通过连接协调，整合各方资源形成合力，进而满足创业群体的需求。"孙元涛说。

一根网线带来"乡村巨变"

在曹县采访发现，27个镇级电子商务服务站和559个村级电子商务服务点，已成为乡村最热闹的去处。"别小看这一处电子商务服务点，他联通内外、沟通城乡，彻底改变了传统农民的生产生活方式，让乡村走上了一条颠覆性的发展道路。"大集镇丁楼村党支部书记任庆生深有感触。

在曹县，一根网线带来的变化已然无处不在。如今，借助电商发展，客服、摄影、美工、运营等电商服务类公司在农村应运而生，仓储、加工、包装、物流、配套的餐饮酒店、商品销售、娱乐休闲也得到了共同发展，形成一个个电商产业大集群。

曹县电商办主任兰涛介绍，曹县电商及相关产业发展已形成三大产业集群。一是表演服产业集群，集中在曹县东南部的大集、闫店楼、安蔡楼等乡镇，表演服饰网络销售额占到淘宝、天猫的70%。二是木制品产业集群，集中在曹县西北部的青菏、普连集、庄寨等乡镇，曹县木制产品占据淘宝、天猫、京东几大电商平台的近半市场。三是农副产品产业集群，已形成以芦笋、黄桃、烧牛肉等为主要网销产品的农产品上行产业集群。

据统计，曹县2018年的GDP总产值为390.88亿元，2017年和2018年均实现了9.0%以上的增长速度，比此前的5年提高了近4个百分点。电商扶贫效果显著，曹县电商从业人数达20万人，全县943个扶贫车间中有20%是电商扶贫车间，直接带动两万多人精准脱贫，占全部脱贫人口的20%，12个省级贫困村发展成为淘宝村，实现了整村脱贫。

选自《农民日报》2019年4月23日

好一朵美丽的茉莉花

王　念　王军伟　曹祎铭

"好一朵美丽的茉莉花，芬芳美丽满枝桠……"这首曲调优美、极具中国风的《茉莉花》，不仅在我国广为传唱，还有着广泛的世界影响。

这首歌的前身《鲜花调》已在江南传唱数百年。1942年冬天，新四军文艺战士何仿到江苏六合金牛山下采风，被当地民间艺人演唱的《鲜花调》深深吸引，搜集词曲并整理加工，歌曲《茉莉花》问世。

《茉莉花》是江苏民歌，但歌词描绘的，好像是广西横县当下的景色。我国最大的茉莉花产地，正是横县。目前，横县茉莉花种植面积超过11万亩，花农33万余人，茉莉花和茉莉花茶产量均占全国总产量80%以上，以此奠定了横县"中国茉莉之乡"的地位。2020年9月14日，《中欧地理标志协定》正式签署，首批中国100个受欧盟保护的地理标志中就有横县茉莉花。

郁江两岸春风起　芬芳美丽满枝桠

车入横县，公路两旁种着成片茉莉花，有的连绵数千亩，空气中弥漫着沁人心脾的芳香。近年来，横县茉莉花产业不断发展升级，不仅"芬芳美丽满枝桠"，还成为"四季飘香、月月挣钱"的"致富花"。

横县种植茉莉花历史悠久，明朝《横州志·物产》等史料早有记载。

横州州判王济在《君子堂日询手镜》里记述："茉莉甚广，有以之编篱者，四时常花。"诗人陈奎"异域移来种可夸，爱馨何独鬓云斜"的诗句，侧面证实茉莉花引种自异国。

位于广西东南部的横县，地处北回归线以南，属于典型的亚热带季风气候，长年雨量充沛、光热充足，在滔滔郁江形成的冲积平原上，周边起伏的低山丘陵能有效地阻挡台风侵袭。特殊的自然地理环境为茉莉花生长提供了得天独厚的条件。

史料记载，茉莉花原产于古罗马，通过丝绸之路在汉朝时传入中国。自宋代以来，福州茉莉花茶一直是中国出口海外的重要农产品，到清代达到鼎盛时期，远销北美、西欧、东南亚。长期以来，横县人种植茉莉花只作观赏和闻香用，没有充分挖掘经济价值，新中国成立后，横县境内鲜见茉莉花踪迹。

记者在横县采访，多名老一辈茉莉花种植者和花茶制作师傅提起一个叫黄锦河的人，尊他为横县茉莉花产业的开拓者。黄锦河已于2019年因病辞世，记者只能读到他未出版的个人回忆录。

黄锦河祖籍广东佛山，生前为原横县茶厂厂长。新中国成立前，黄锦河的父亲在广州茶行里做茶，1952年到广西支援梧州茶厂建设，1954年又被安排到横县茶厂，一家人从此定居横县。

黄锦河随父亲到广西时才12岁，成年后也在横县茶厂工作。1958年茶厂扩建，厂区东北角有块荒地，有人建议挖塘养鱼或开荒种菜，黄锦河却提出种茉莉花：一来雅观好看，二来厂里可以尝试生产茉莉花茶。"父亲组织种下的这片茉莉花，成为我儿时乐园，"黄锦河女儿黄妲回忆说，"也让我从小与茉莉花结下不解之缘。"

茶厂采纳了黄锦河的建议，然而，到哪儿去找茉莉花苗呢？

黄锦河想到了在广东做茶叶进出口贸易的业务员詹汉生，请其采购并送过来。1959年3月，詹汉生传来消息，约定时间从广州坐船到广西贵县（今贵港市），黄锦河连夜骑自行车赶往码头，拉回两捆茉莉花苗，与茶厂工人剪枝扦插。刚开始种植的茉莉花不足1亩，随后逐年分苗扩展到5亩，1962年已可摘花试做花茶了。这些试验性种植为横县后来发展茉莉花产业储备了首批种苗。

1978年，安徽凤阳小岗村18位村民按下了改变命运的红手印，在相距遥远的横县，黄锦河也正与当时的云表人民公社站圩生产大队干部谋划种植茉莉花的事。黄锦河回忆录有这样的记录："当时还不允许农民自由种植经济作物，我们计划在云表站圩种植15亩茉莉花是要冒很大风险的。我多次叮嘱他们，送花苗要等到晚上再送，种植也要悄悄地做，千万不要声张。"

茉莉花该怎么种？怎么养护？能不能挣钱？黄锦河和当地干部群众摸着石头过河。由于缺乏经验，花农在种植过程中使用了过量的农家肥，刚刚生根的花苗被"烧"死5亩多，黄锦河及时组织技术人员指导，最终保住了剩下的9.6亩。改革开放后，横县多个地方陆续摸索种植茉莉花，最成功的还是当时的站圩生产大队。

谢永冲还清楚地记得当年种花经历。1981年联产承包责任制推开时，他家分得近3亩责任田。"以前只能种一点水稻、玉米，大家都不富裕。"谢永冲说，"当时每斤茉莉花收购价已经达到1元，可以买好几斤米，大家积极性很高，不少人也通过种花富裕起来。"

在横县，一代又一代种花人和制茶人努力探索，经历了数不清的酸甜苦辣，终于有了收获。如今走进横县，眼前是一望无际的茉莉花海。伴随着四季轮回，花开花落生生不息，茉莉花产业从无到有，从有到兴，整个产业年产值超百亿元。

窨得茉莉无上味　列作人间第一香

据考证，茉莉花茶制作工艺最早发源于福建。整个工艺最重要的环节是窨制，即把茶叶与茉莉花不同的香气拼合起来，茶引花香、花增茶味，制作出气味鲜灵持久、滋味醇厚鲜爽、汤色黄绿明亮、叶底嫩匀柔软的茉莉花茶。

在采访中，横县不少资深制茶师傅向记者介绍，当地茉莉花具有花期早、花期长、花蕾大、产量高、质量好、香味浓等特点，每年4月至10月集中绽放。窨制过程是鲜花吐香和茶胚吸香的过程，茉莉花在温度、水分、氧气等多种因素作用下吐出香气，茶胚则吸收花香。窨制次数越多，茶的香气越浓郁，业内有"窨得茉莉无上味，列作人间第一香"的说法。

"制作茉莉花茶的工艺很讲究，一个因素掌握不好，都很难保证品质。"横县郁江茶厂负责人黄荣新说。今年73岁的黄荣新是广西首批外出学习茉莉花茶制作技艺的老师傅之一。

20世纪60年代，国内的茉莉花茶主要由福州茶厂和苏州茶厂生产。1966年，横县茶厂和梧州茶厂分别选派3人前往苏州茶厂学习，黄荣新就是其中之一。可回到广西后，学到的技术并没有及时用上。直到1978年，黄荣新才开始利用黄锦河在厂里种下的茉莉花尝试制作花茶。从那时起，国内茶行业出现变革，茉莉花茶产业也凭借这股春风酝酿着发展动力。为了适应市场变化，自治区供销社从横县茶厂、梧州茶厂和桂林茶厂抽调技术骨干，前往苏州茶厂、福州茶厂和南昌茶厂学习茉莉花茶制作技术，其中又有黄荣新。

"苏州茶厂主要做内销，福州茶厂主要做外贸，南昌茶厂的生产规模较小。"黄荣新回忆说,"为了多学一点,我们几乎形影不离地跟着师傅,晚上回住处还要集中交流讨论,就这么一点一滴把花茶制作技术拼凑了起来。"

横县花茶协会党总支书记陈道平是较早学做茉莉花茶的技术工人。"黄锦河、黄荣新等老一辈师傅把技术无私传授给我们,后来横县很多茶厂都能制作茉莉花茶。"

顺来茶厂董事长周焕洪说,茉莉花茶的神奇之处是有花香而不见花,关键在于怎么存贮花香。"必须精心筛选纯净的花苞,控制花的鲜灵度,专注守候花开的时间,掌握好花与茶的比例,窨制过程中不敢有半点疏忽。"

夕阳落山,暮色降临。在长海茶厂的车间里,生产部经理孙志华仔细查看当天收购的茉莉花苞,到晚上八九点钟,这些花苞将迎来与茶叶的第一次相遇。孙志华认为,虽然茉莉花茶的制作工艺相近,但每个师傅都有自己的理解,对周围环境的把握也非常重要,只有达到人、茶、花合一的境界,做出的花茶才有"灵魂"。

窨制高品质的花茶,首先要有高品质的花。到了茉莉花生长旺季,每天下午3时起,横县的茉莉花交易市场迎来大批收购商和花农。茶厂当天收不收花、收多少花,由制茶师傅说了算。"要看天气,如果连续3天以上是晴天,第4天就可以收花,经过太阳暴晒,茉莉花香会很浓郁。"孙志华说,"除了看太阳,还要看风向,北风天花的品质比南风天好,南风天又比无风天好。"

收回来的茉莉花苞,一般要先养花,控制温度和湿度,确保当晚绽放;其次要筛花,留下健康的花苞;之后是拌花,将待放的花苞与事先准备的茶胚混合。这时,窨制过程才刚刚开始,拌匀的花与茶堆放约4个小时,然后及时摊开散热，避免温度过高影响茶叶吸收花香，温度下降后再次拌匀收堆，4个小时后将茶、花筛分，烘干茶叶，自然冷却。

茉莉花一般是夜间开放，一个窨次通常需要一整夜时间。经验丰富的制茶师傅介绍，一款优质茉莉花茶需要经过多个窨次，一般来说，3窨以下是普通花茶，6窨以上是品鉴级花茶，8窨以上才属于高端花茶。并不是每个夜晚的自然条件都适合窨制花茶，天气不好时需耐心等待，所以优质茉莉花茶的窨制过程往往耗时很久。

黄姮继承了父亲的制茶手艺，从茶胚选料到收花窨制都事必躬亲。"第一个窨次尤为重要，我必定亲自动手。"黄姮说，正是对品质始终如一的坚守，他们的茶在四川、台湾等地有稳定的客源，每年订单都会源源不断地找上门。

目前，横县已有60多个本土茉莉花茶品牌，产品多次在国内外比赛中获奖，横县茉莉花也成为广西最具价值农产品品牌之一。

建文去处仍是谜　茶禅一味在横州

懂茶的人知道，茉莉花茶并不是越香越好。所谓茶引花香、花增茶味，茶的清香与花的芬芳融为一体，但是说到底，茶是根本。也正因为如此，横县制作茉莉花茶的茶胚需要选用高档绿茶，茶叶大多来自其他地方。

横县有没有本地优质茶叶呢？采访中，不少制茶师傅都提起了"南山白毛茶"，并对其品质赞不绝口。这种茶产自横县南山，亦称宝华山，因其位于县城南面，当地人称之为"南山"。

《横州志》里有关于宝华山的描述，称其"山耸而奇，灵而秀，郁葱而伟丽，泓清而泉冽"。《横县县志》记载："南山茶，叶背白茸似雪，萌芽即采。细嫩如银针，饮之清香沁齿，有天然的荷花香。"相传，山中名产"南山白毛茶"为建文帝栽种的茶树所产,老茶树依然长在南山上。

循着史籍记载和民间传说的指引,记者探秘南山,看到茂密的丛林中有一处古色古香的茶庄。女主人表示,老茶树的传说在当地人人皆知,但并不在茶庄附近,在对面山上的应天寿佛寺。

来到寺前,偶遇外出归来的行舟法师,说明来意,法师在前引路,穿过荆棘丛生的树林,踏进一人多高的野草丛,一路攀爬至后山的半山腰,终于看到了一片茶树,周围被铁丝网围了起来。眼前的茶树并不是古树,法师解释说,传说中的古树早已经无处寻觅,这些茶树品种为"南山白毛茶",却是无疑的,所以专门划出一片山地保护起来。

关于建文帝种茶的传说,行舟法师说得更清楚。"靖难之役"后,建文帝隐居宝华山应天寿佛寺,削发为僧并担任住持。他看到当地村民以种茶为生,但茶的质量不好,产量也不多,便细心观察茶树习性,挑选优质茶苗移到后山上种植,经过多年培育,终得一质优高产的品种。他还根据自身品茶经验研制出"银尖白毛茶",并把制作技术传授给当地村民,村民们为感谢建文帝,将"银尖白毛茶"称为"圣种白毛茶",也就是今天人们所说的"南山白毛茶"。

"靖难之役"消逝在历史的尘埃中,建文帝下落之谜仍为后人津津乐道。传说里的事情也只能当成故事来听,依托花与茶造福群众,还得从眼下实际出发。"南山白毛茶"毕竟稀少,花茶产业对茶需求量大,每年生产季大批茶叶都会从四面八方向横县汇聚,经过窨制后又流向国内外消费市场。

茉莉花开香千里　富民路上赛群芳

云表镇飘竹村村民谢赐汉曾经很为生计发愁,但他怎么也不会想到,自己后半辈子会与茉莉花结下不解之缘，生活也因此发生翻天覆地的变化。听说种茉莉花能挣钱，谢赐汉从黄锦河那里要来种苗，试着种了1亩。3年后茉莉花丰产，第一次捧着那么多钞票，他激动得难以入眠，"从来没有见过那么多钱，真没想到种花这么赚钱。"

行情越来越好，农民种花积极性也越来越高，谢赐汉家所在的飘竹村茉莉花种植面积快速增长，村里的新楼房越来越多，不少村民家还买了小汽车。

横县被确定为新的茉莉花茶生产基地后，发展势头更加迅猛，一跃成为国内种植茉莉花最多的地区，国内茉莉花核心产区随之发生转移。横县乘势而上，把茉莉花产业作为重大富民强县产业，先后出台了《横县茉莉花产业发展奖励扶持暂行办法》等一系列政策，每年安排大量资金予以扶持。"近些年花的行情一直不错，平均种一亩茉莉花年收入大概有2万元左右，管理得好，还能挣更多。"陆宏建说，一大批贫困户和花农参与到下游产业链中，产业带动脱贫致富的效果明显。

在校椅镇的国家级现代农业产业园核心区，大片"茉莉花海"长势喜人，在这里试点的茉莉花生产数字化项目，通过实施茉莉花水肥一体化、病虫害统防统治和监测等项目，使标准化种植的茉莉花较传统种植的花期延长40天，每亩花为花农增收3600元以上。

与此同时，横县还不断健全完善茉莉花系列产品生产标准体系，制定发布《茉莉花种苗生产技术规程》等行业标准，不断提升茉莉花标准化种植、加工水平。

以花为媒，以花相知。伴随着一年一度的"世界茉莉花大会""全国茉莉花茶交易博览会""中国（横县）茉莉花文化节"等活动举办，来自世界各地的茶商、专家汇聚横县，为茉莉花产业大发展带来更多机会。

横县抓住机遇大力发展电子商务，以花茶产业为代表的电商快速发展，传统的茉莉花（茶）产业正逐渐形成线下线上同"香"的发展格局。

走进长海茶厂产品展示间，身穿民族服饰的工作人员正通过手机直播平台向网友推介产品。茶厂负责人唐萍介绍，网上销售已成为他们开拓市场、增加销售额的重要方式。

在做精茉莉花茶的同时，横县深入发掘茉莉花的药用、养生、美容等综合功效，培育了正大香料、巧恩茶业等一批茉莉花研发生产企业，开发了茉莉精油、茉莉护肤品、茉莉文创工艺品、茉莉糕点美食等一系列衍生产品，受到消费者广泛关注。茉莉花产业的繁荣还吸引不少年轻人返乡创业。

依托"中国茉莉之乡"发展全域旅游，横县积极推进茉莉花生态公园和茉莉小镇文旅项目建设，打造"茉莉闻香之旅"旅游品牌，2019 年茉莉花主题旅游超过 530 万人次。在"中华茉莉园"，远道而来的游客或在花海里游玩拍照，或驻足选购香包、花冠等产品，陶醉在茉莉花的独特魅力之中。

茉莉花通过古丝绸之路来到中国，生根发芽；现在，横县茉莉花又沿着"一带一路"走向世界。"我国出口到世界各地的茉莉花茶中，用横县茉莉花窨制的产品占了很大比重。"横通过培育品牌、鼓励创新、提升附加值等方式拉长产业链，促进产业提质升级，横县茉莉花真正实现了香飘四季、香飘世界，更加芬芳迷人。

选自《南国早报》2020 年 10 月 29 日

会它千顷澄碧

曹国宏　魏　维　杜福建

2019年5月19日，在河南省桐柏县埠江镇付楼村豫岗生物能源有限公司的一处厂房里，村党支部书记李健左手攥着一把花生壳碎渣，并用手指使劲捻了捻，同时把目光挪向脚边，停在一截截手指粗细的燃料棒上。这时，村主任张荣山和厂里几个年轻人，在一旁热烈地讨论着眼下的原料、设备和供电问题。

李健高瘦、黝黑、话不多，普通百姓的模样，只是快步走时右臂晃来晃去的空袖管，让初次见他的人心头一酸。更令人诧异的是，他裤管下那条"触目惊心"的左腿，竟是取自腰部骨头和右腿肌肉再造重生而来。

5月16日，包括李健在内的167名"全国自强模范"，一起参加在北京举行的第六次全国自强模范暨助残先进表彰大会，并受到习近平总书记的接见。李健说："当总书记走进人民大会堂北大厅时，我激动得泪湿了眼眶，总书记那句'再接再厉，再立新功'的勉励，这些天一直在我耳边回响。"

作为2016年脱贫退出村，付楼村是埠江镇三个贫困村中最后脱贫的，经济基础和自然条件都不太好。刚从北京回到付楼村，李健没给自己喘息的时间，立刻投入工作。作为村支书，他心里最放不下的就是村里的产业："党中央给我这么大的荣誉，我不仅要自强，还要让全村强，才对得起总书记对我的关心。"

自强,是所有熟悉李健的人对他最突出的评价。从残疾人贫困户到脱贫户,从脱贫户到党员,从普通党员到村党支部书记,自强让李健实现着诸多身份的转换和超越,让他创造一个又一个"奇迹"。从桐柏县到南阳市,从河南省到全国,面对越来越多的荣誉和越来越大的名气,从北京回到付楼村的李健这样说:"名气意味着,我有更大的责任和号召力,为付楼村百姓办好事。"

从"活过来"到"干起来",他奇迹般地打破医生"预言"

李健原来是付楼村的一名电工。村民眼中的李健头脑灵活、勤劳实干、热心好善,是村里的"能人"。

2011年12月30日,李健不记得那天有多冷,只记得那天的风特别大。

那天吃过午饭,李健和几个工友一起在村里检查变压器。忽然刮起一阵大风,踩在铝合金梯子上的李健觉得脚下猛然一晃,身子也跟着向后一仰。李健下意识地伸出右手向前一抓,瞬间碰到变压器减压柱。就在那一瞬间,他失去了知觉。当李健再睁开眼时,发现自己躺在草窝里,工友正在给他做人工呼吸。现场的工友说,出事时,李健的头盔都冒着白烟,右手和左腿都着了火,黑色的骨头都露在外面。

昏迷的李健被紧急送到当地医院。医生看到他的情况时,以没有抢救的希望为由不敢接收,连病房都没让进,李健就在外面躺了几个小时。后来送到南阳市南石医院进行抢救,医生也只让交了400元的住院费。李健后来才知道,医生当时也认为他伤势太重活不了太久,可能第二天就拉走了。"我那时候一会儿昏迷,一会儿清醒,醒来看见自己的右手、右胳膊都是黑的,连手指头都是黑的。还有我那左腿,腿上的骨头也是黑的，就露在外面，上面一点肉都没有。我不停地流泪，很快又昏迷过去。"

强烈的求生意志，让李健打破了医生"头天拉来第二天拉走"的预言。

经过八次手术的救治，李健暂时脱离生命危险，却不得不截掉右臂。他的左腿因为皮肉血管严重坏死，营养无法输送，按医生的建议必须截去才能保命。"我已经截了一条胳膊，如果再截掉一条腿，那不就废了？手不能拿了，腿再不能走，我往后还能干啥？"李健把心中的想法说给医生，并且坚持不截左腿。虽然腿没截，但医生明确告诉他："你能活下来已经是个奇迹，往后能站起来就不错了，走路是不可能了。"在南石医院住了八个月零二十七天后，李健来到了洛阳正骨医院。在李健"一定要保住腿"的强烈要求下，洛阳的医生为他做了三次手术。为了让左腿接收营养，医生把李健的双腿绑在一起，把右腿的皮肉组织嫁接到左腿上，同时取腰部和右腿的骨头植入左腿，让左腿再造重生，最终实现了李健"保住腿"的愿望。

腿保住了，李健在洛阳医院住了一年多之后，回到家中康复休养。回家后，李健有一年多的时间躺在床上不能走路。"一直跟着我的小弟是二级残疾、智障者。父母都跟着我，老父亲已经八十多岁了，儿子女儿都正在上学，要是我走不成路了，家里老小怎么办？"李健说，从那时起，他就咬着牙每天坚持锻炼，最初，站不起来他就拄根拐棍站立，为此不知道摔了多少跟头。慢慢地，李健真的站起来了。当他把情况和医生沟通后，医生又给他泼了冷水，医生说："你就是再坚持锻炼，再恢复，最多也就恢复到马蹄脚那种程度，一点一点往前挪，就算能走也一辈子离不开拐杖。"

这一次，李健仍然没有因为医生的"预言"而放弃。他每天醒来后，第一件事就是用脚使劲蹬床尾。由于腿不能长时间走路，他就走走歇歇。

从刚开始拄着拐杖在屋里走,到后来拽着家里的楼梯,从楼上到楼下来回活动。半年时间过去,李健不仅能慢慢地走路,还能帮家里做点事情。

就这样,凭着惊人的毅力和信念,李健再一次打破了医生的预言。

从"身躯站起来"到"内心站起来",致富和入党之路他走得坚定而执着

作为家里唯一的劳动力,李健倒下的这段时间,家里不仅失去经济来源,还欠下许多债务。虽然他已能走路,但身体还没完全恢复,加上失去右臂不能再做电工,想出去打工又没人愿意用一个残疾人。看着年迈的父母、智力障碍的弟弟、两个正上学的孩子,还有家里的一张张借条,刚能自理的李健陷入深深的自责和失落。

正是此时,党的脱贫攻坚政策重新点燃了李健生活的希望。

2014年,根据政策,李健被评定为深度贫困户。时任埠江镇镇长、现任桐柏县教体局党组书记的王诗东成为他的帮扶责任人。

"我刚去李健家帮扶时,他的情绪很低落,很悲伤,整个人垂头丧气的。"为了改变李健的现状,王诗东先从思想工作入手,经常到李健家中与他闲聊,一方面倾听他的想法,另一方面根据他的实际情况鼓励他做事情。"李健这个人脑子比较灵活,出事之前也一直在做小生意,而且都做得不错。虽然失去了右臂,但能走路,左手还能劳动,脑子也没受伤。他又善于学习,所以我觉得只要他肯发挥聪明才智,肯定能走出困境。"正是在王诗东的鼓励下,李健决定重新"干事"。看到那年邻乡的葱供不应求,卖到了香港,加上种葱的技术容易掌握,还能顾家,李健决定租地种大葱。

李健找亲友借了二十多万元,租了一百多亩地开始种葱。那时,李

健的腿刚恢复不久，长时间的体力劳动，让他的左腿流出血水。在这种情况下，李健仍坚持每天第一个去地里，晚上工人都走后才回家。"那时候心里憋着一股劲儿，想着我得干出个样子来。"李健的辛苦没有白费，那一年他种的大葱收成极好。"那年的葱都长到了胸口，看着真是喜人。"

谁能想到，大葱种得虽好，却因种植量太大而滞销，李健一下子就赔了25万元。王诗东一直帮着李健找销路，还建议李健尽快把大葱往周边地区销售。李健固执地认为葱价一定会再涨起来。"最早的时候收购价是四毛多，我嫌价低没有卖，想着再等等看，可能以后价格会涨。谁知道后来葱价一直降，最后降到一毛，再后来根本没人买。实际上如果按最初的那个价格，也赚钱，只是赚得没我预期的多。"对于这段失败的经历，李健认为主要是缺乏对市场信息的把握。

祸不单行。此时，父亲为给他借钱支付医药费，骑电车外出时被碰，摔了一跤，大腿骨折。母亲又突发心梗，送到医院不过一天就去世了。第二年，李健的妻子又因为脑出血而偏瘫，自理都很困难。这时，身体还没完全恢复的李健，不仅要去医院照顾妻子，还要回家照顾父亲和弟弟，再加上种葱赔了那么多钱，对生活彻底绝望。

"那时真是啥也不想干，心里还特别愧疚，特别是对我妈。"李健和母亲的感情特别深，母亲发病之前正是李健卖葱最忙的时候，每天早出晚归。母亲就搬个板凳坐在门口，等李健回家后才肯回屋。"我妈最心疼我。她心细，还爱操心。那时候我去卖葱，回来我妈就问我卖了多少钱。家里借了那么多钱，她心里比我还着急。我现在一想起我妈就想到大冬天晚上她坐在门外等我回家的画面。"提起母亲，李健没能忍住眼中的泪水。

对于李健的情况，王诗东看在眼里。他陪着李健一起分析市场，鼓励他先出去找销路、探市场。李健也很快吸取教训，没有像过去那样盲目跟风，而是亲自去外地实地考察市场信息。经过反复调研，李健有信心来年大葱一定赚钱。可这时，亲戚们都不再支持他继续种大葱，觉得他再种也是瞎折腾。最让李健难受的是，有个常年在外打工的亲戚，几次三番到家里找他，劝他去大城市天桥上要饭。亲戚说，只要李健坐到天桥上，把残胳膊和残腿露出来，往地上一坐就会有人给他钱，发财不敢想，养活两个学生、让一家人饿不死肯定绰绰有余。

李健说，在农村最没志气的人才会去要饭，所以亲戚让他去要饭，他很生气，觉得人家瞧不起他。"生气归生气，我知道人家初衷也是好意。可我坚决不会去要饭，一是丢人，不能让别人说我孩子他爸是个要饭的。另一方面，别人越是觉得我是个废人，干不成啥事，我越想干点事情让别人瞧得起。"

在一片反对声中，王诗东却始终支持李健继续种大葱，不仅支持他继续种葱，还支持他种植玉米、水稻和树苗。在王诗东的鼓励下，李健从绝望中再次燃起信心。这一次，因为提前掌握销售信息，提前联系市场，李健不仅赚回所有本钱，还净赚13万元。2016年，李健顺利脱贫。

在李健刚被定为贫困户时，村民们深知李健的家庭情况，对于他被评为深度贫困户都没有任何异议。被评为贫困户后，李健伤腿未愈，一只胳膊种大葱的自强精神和百折不挠、接连重创之下再度奋起一举脱贫的故事，激励着付楼村村民，尤其是贫困户们不等不靠、奋发自强、勤劳致富，全村群众脱贫致富的志气和决心空前高涨。在李健的带领下，付楼村于2016年顺利脱贫。

早在脱贫之前，李健就提出一个坚定的请求："我要入党！"经历过生死与诸多不幸的李健，在人生的晦暗时刻仍然想要入党，这让王诗东有些意外，同时也感到欣喜。"通过李健入党，我就知道他不仅是人站起来了，心灵上也真的站起来了。从李健出事到入党、脱贫，他每年都有很大的变化。一直奋进，一直自强，身上一直充满着正能量。"

提起入党的动机，李健首先想到的是感激。"如果不是党的扶贫政策，我不可能有今天的生活。被定为贫困户时是我家里最难的时候，我家的房子得到翻修，孩子上学有了教育补贴，我享受医疗合作大病救助政策，自来水通到家里，还享受到化肥和种苗补贴，还有每年的入股分红。这些党的帮扶政策，让我的家庭在重创之下基本生活仍能得到保障。正是这些雪中送炭，让我很快重新燃起对生活的希望。"除了党的政策带来的温暖，王诗东也是李健入党的直接原因。在李健看来，王诗东作为一名党员干部，各方面的素质和修养都是他学习的榜样。不仅给他提供致富信息，而且无私地帮助他、鼓励他，让他深深地敬佩。李健说："原本素不相识的人这么无私地帮我，都是因为党，是党派来的。"

2015年7月，李健如愿加入了中国共产党。他秉承着一名共产党员的信念与担当，在自己顺利脱贫之后，还积极帮助其他村民。因为有了掌握市场信息的经验和渠道，李健一直坚持种大葱。在脱贫之后的2017年，虽然葱价再次暴跌，李健却没有像第一年那样赔钱，仍然赚到了钱。村里的其他葱农没有李健的门路和信息，眼看着大葱卖不出去。在这种情况下，李健知道葱不好卖，仍帮助葱农卖出30多吨大葱，不仅帮村民挽回了损失，还帮他们赚到了钱。

"帮助村民赚钱的那种快乐，和自己赚钱还不一样，那种快乐里带着一种骄傲。"说到骄傲时，李健有些害羞地微笑着，他说，"我最初入党是因为党的政策、党的干部感动我、帮助我，让我体验到党的温暖和帮助，我既然入了党，就要把这份温暖和帮助传递下去。"

从入党到竞选村支书，他实现了身份转变和价值提升

2018年年初，付楼村党支部换届前，李健找到王诗东，商量竞选村支书的事情。由于上任支书考上公务员而调到镇里，付楼村有一年左右的时间没有村支部书记，造成整个村子缺乏凝聚力。这时，村里许多党员主动找到李健，说他威信高、能干事，建议他来当村支书。李健一开始很犹豫，一方面自己没有工作经验，另一方面认为自己是个残疾人，一只胳膊，形象差。后来，越来越多的人支持他当村支书。李健想，既然大家信任自己，自己就应该担起这份责任。

王诗东看出李健的顾虑，便鼓励他："这是好事，你脑袋瓜灵活，又是脱贫的现实例子。村里人对你很了解，你要有勇气，一是困难可以克服、经验可以积累；二是形象不在外表，主要还是看你能不能把村里工作做好，能不能带领大家致富。"

得知李健要竞选村支书，首先反对的就是妻子付家六。她说："我不让他当，一是怕他身体吃不消，他不能太劳累。二是我身体也不行，两个孩子在外上学。家里还有一个八十多岁的老人和智力残疾的弟弟，家里主要还得靠他照顾。三是脱贫之后这两年，家里经济越来越好了，他挣钱的门路很稳定，不需要他再节外生枝干别的。"

除了妻子，李健曾经的好友任得委也不让他当村支书。除了是李健的入党介绍人和多年的同事，任得委还在邻村担任过近二十年的村干部。当李健去任得委家里找到他，说起竞选村支书的事情时，任得委开门见山："你千万别当这个村支书。你入党我支持你，你当支书我不支持。首先你的身体就受不了，还有就是群众的工作不好做，你那脾气受不了，肯定得急。"

面对妻子和好友的反对，李健想了很多。他想到因为自己的事故，让家人承受了太多，除了去世的母亲，他也一直对儿子深怀愧疚。李健出事那年，儿子上高三，学习成绩很好，在学校里前50名。李健出事后，儿子从学校赶回来看到父亲的情况，直接从学校收拾行李回家照顾父亲，说不再上学了。儿子在医院照顾李健一个多月，后来在家人的劝说下重新返回学校参加高考，只考了400多分。"孩子耽误那么长时间，心情又不好，压力也大，都是因为我。"让李健欣慰的是，儿子第二年复读后顺利考上了大学，后来还考取了研究生。李健想到对儿子的愧疚，想到儿子的懂事，还想到第一年种大葱赔了二十多万元。然而，儿子却对爸爸说："爸，赔了没事，重要的是你又重新站起来了。"在竞选村支书这件事上，儿子却很支持。李健意识到儿子最在意的不是他为家里赚多少钱，而是他又能顶天立地地站起来了。

李健还想到家里最困难的时候，党的帮扶政策给他送来温暖、帮全家渡过难关。他想到帮扶责任人王诗东对自己的无私帮助和鼓励，想到最绝望的时候王诗东不辞辛苦地往家里跑，帮他解决困难、鼓励他重新振作。他想到入党时，自己说过的那句话："要把党给我的温暖和帮助传递下去。"他想到村里党员们对自己的信任，想到虽然自己脱了贫，经济条件得到极大改善，可付楼村的乡亲们生活还不富裕、整体生活水平仍偏低。对于曾经的迟疑和思考，李健说："有太多理由不当村支书，可我更想把付楼变得更好。"李健再次找到王诗东，肯定地说："我要竞选村支书！"

李健的竞选进行得很顺利，最终在2018年4月21日高票当选村支书。

新官上任，他带领村民书写"幸福是奋斗出来的"

李健在上任村支书之前，对于村里的工作有了不少了解，对困难也有所准备。但刚上任时，他却发现群众工作的难度比他想象的还要大。

"我没有想到群众之间的事情这么复杂，也没想到作为一个百姓去给村民做工作和作为一个村支书给群众做工作，差别这么大。"李健坦言，刚上任时因为压力太大而整夜睡不着觉，甚至对自己究竟是否能胜任村支书产生过怀疑。"我没做村支书的时候，给村民办事情，不管结果如何，大家都觉得我是真心实意想帮他们，因为我本来可以不管的。做了村支书之后，村民找我办事，如果不合规定不给他们办，他会觉得我明明可以帮他而故意不帮，就会有意见。"

压力最大的时候，付楼村全体村民大会的召开，改变了李健对群众工作的认识。

村民因为低保问题找李健的次数多了，李健就找到王诗东商量。刚好那一时期桐柏县委开始集中整治低保，两人商议把付楼村的低保"推倒重来"。重来的第一步就是召开全体村民大会。因为付楼村已经二十多年没有开过全体村民大会，所以一开始李健和班子成员都很担心大会的效果，对于大会的现场情况也都没有把握。

2018年7月18日，付楼村召开了全体村民大会，会上对低保和扶贫的政策、评定标准做了公开、透明的宣传，让所有村民了解低保的评定标准和条件。出乎意料的是，这次尝试性的会议开得非常成功。不仅村里每家都派代表参加，而且有的一家去好几个人，会议过程中也没有吵闹和大声喧哗，还有好几次热烈地鼓掌。

全体村民大会之后，村里紧接着按照"四议两公开"工作法的程序以村小组为单位召开了会议，每组会议开两次。所有的问题和异议都在会上统一提出、统一讨论，最后再把结果以公告的形式公示出来，接受全体村民的监督。最后结果出来后，村里没有人再对低保的评定有意见。

这让李健彻底松了一口气：原来，群众最在意的是公平、公正，要想公平、公正就必须公开、透明，而"四议两公开"工作法正是解决群众难题的金钥匙。从那以后，李健格外重视"四议两公开"工作法的运用，对于村里的大事、难事全部摊开，让村民充分参与并监督。

在李健上任村支书之后，随着工作的逐步开展，付楼村的整体面貌也有了极大的改善。李健身残志坚、奋发自强的事迹给全村人带来了极大的精神鼓舞，许多村民私下都说"你看人家李健只有一只胳膊，腿又差点截掉，人家都能做这么多事情，咱们还有啥理由歇着？"在李健自强精神的感召和带领下，付楼村村民的脱贫致富愿望特别强烈。从种植到养殖，从在农场帮工到上工厂打工，村民干事、致富的劲头特别足。

在种植业发展上，李健带头成立付楼村香菇种植基地，在村里建起香菇大棚，还建立金芙蓉特色种植产业扶贫就业基地，种植黄金梨和莲藕，让贫困户通过到户增收项目入股分红的同时，也可以到扶贫基地打工获得收入。在养殖业方面，李健上任后，成立了"聚力"小龙虾和"聚心"鸡蛋两个养殖合作社，同时还有黄牛养殖和羊养殖等。同时，李健重新盘活了村里多次倒闭的扶贫车间，并在扶贫车间的基础上又扩建了一个分厂，工人也由原来的十几个，慢慢发展到现在的一百多个，吸纳了村里的闲散劳动力。在企业发展上，付楼村依托回乡创业青年成立了豫岗生物能源有限公司。作为一家"变废为宝"的环保企业，公司把农村原本"没用"的秸秆、花生壳、玉米秆、树枝变为无烟、无污染的"有用"燃料，既美化了村庄环境，又能创造经济效益，还带动了运输、经销、加工等工人就业。

　　对于下一步的工作目标，李健表示，付楼村应该多发展本地产业、特色农业和工业，通过村"两委"班子的团结合作，把本地产业发展好，逐步使付楼村达到人人小康的水平，从而实现乡村振兴。对于未来，李健也有了新的感悟："这次我被评为自强模范，如果不是党的扶贫政策，如果不是党的干部，如果不是党的关怀和温暖，我也不可能一步步走到今天，还能获得这些荣誉。未来，作为一名村党支部书记，我一定要把党的关怀和温暖传递下去，让我们付楼村的生活越来越好。"

　　　　　　　　选自河南大学出版社《脱贫攻坚　河南实践》

世 面

张逸雯

一

  我第一次被老百姓夸作是"共产党的好干部"那天，阳光亮堂堂的照在院子里，照在旧了的瓦片上，照在屋脊和垂下来的房檐上，鸟儿飞旋，微风和煦，所有美好的东西恰如其分地展开。而刚帮扶上贫困户的我却像身处寒窖，险些被负能量冲垮，打电话来的人很激动："我凭什么不行，我日子过得多艰难，说我是贫困户，什么时候见过国家一分钱！"夹杂着粗口的车轱辘话毫不间断，我气他颠倒黑白、胡搅蛮缠所以不愿说话，当他需要回应的时候我就说"我记下了，我理解，我明白，我很抱歉"。

  四十分钟后他不再大声嚷嚷了，突然叹了叹气说："虽然知道你没办法给我解决问题，但是你愿意听我讲这么多话，你愿意来理解我，我特别感动，你这样的才是共产党的好干部，是我们人民需要的好干部"，我的大脑嗡的一声，话随即梗上喉咙想拼命地解释，却被猛烈的情绪涌得不知该怎么开口。我怪他胡搅蛮缠，怎么就忘记了这位席大哥是村里口口称赞的孝子，并非不讲理之人，我太惭愧了，什么都没有做，只是因为被动地听完了他的抱怨，接住了他的委屈，他就称我是"共产党的好干部"。

那一刻像是有钝物"咚、咚、咚"敲在胸口,要把里面那自以为是的东西敲下来。脸上烫得像要翻下一层皮,露出里面的血肉方可罢休。惭愧,这复杂的情绪用"惭愧"才能勉强形容。

二

2019年底,我跟随县级脱贫验收工作组去到殷家城的桑树洼村,被漫山遍野层林尽染的万寿菊震撼——"何须浅碧轻红色,自是花中第一流"。

这个小村子连着环县的林场,政府为了脱贫致富引导贫困户栽种的"软黄金"在山间摇曳生姿,总有一些蜜蜂蝴蝶飞起落下,在这朵花上,或在那朵花上。云从西边的天上一团团往东飘过去,仿佛翻起的浪花。这时候的阳光也是动态的,花间精灵的翅膀一扇,阳光就一圈圈地扩散开了,和另外扩散开的花海与云海交织在一起,纠缠在一起,风中就有了细微而密集的声响。

城市人总向往田园牧歌,桑树洼人正过得是"采菊东篱下,悠然见南山"的生活。崭新的村部挺阔明亮,山间袭来的清风将花海上的五星红旗吹得阵阵作响,红旗下的花丛中有位采花的大姐,时兴的烫发扎得又紧又高,不施脂粉的脸上仔细的纹了眉毛,浑身上下处处透露着女人爱美的天性和农民特有的精干。见我问她花的事,很乐呵的说:"目前头一茬基本摘完,能卖1700~1800块钱,按往年惯例来说,2~3茬花能达到3000元,6亩就是个1.8万~2万块钱,我早都脱贫了,但这花好的,我也想跟着种。"

此中有真意,欲辨已忘言。我想到洛阳的牡丹、云南的玫瑰、兰州的百合,会不会有一天人们习惯地说起"镇原的万寿菊",会不会有一天诗人专为这桑树洼的万寿菊作出千古流传的绝句。

三

当地有一个心照不宣的秘密——镇原的贫困户都家藏千金。我去过那么多户人家，山上的山下的、新房的旧房的、年长的年少的，哪怕是兜底户，哪怕是最后一批脱贫的，也肯定能在其家中找到一幅水墨字画。大多端端正正挂在堂内中间最白净的墙上。讲究的人家会有一块古朴的牌匾，刻着"萱阴春晖"，是母亲高寿时子女所刻，或是在土炕上的墙壁贴一幅"耕读传家"，绝大可能旁边还整整齐齐贴着孩子们的奖状。

我印象很深的是有一次去到一位老爷爷家，女儿远嫁了，只余他老夫妻二人住在村里，他的扶贫资料袋拿起来沉甸甸的，让人心生疑惑，因为这种家庭人口少的档案一般比较简单，但怎么反而比其他人家要厚一些？抽出来一翻，里面夹了一幅叠起来的行书，泛黄的纸边带着脆劲儿，我们竟都不敢抖开，怕一使劲就碎成尘了。老爷爷可能有些耳背，也可能是因为兴奋，身体虽然有些颤巍巍但嗓门很大："老汉我是个文盲，不识字也不会写字。老婆识字里，她说让我把这个要装好哩，我怕丢了就放到这个袋袋里面了"。

我之前浅薄，以为被称作书法之乡，是要出过大书法家的。贫困户家去的多了，才明白，物质条件最匮乏的时候都对中华传统的书法文化存在敬意，"书法之乡"这个美誉就当之无愧。

目之所及，心之所至，这样的文化精神让我的血液沸腾不息，思及此总兴奋不已。

四

　　我没有赶上2013年的建档立卡，还好有幸参与了2020年的国家扶贫普查。参与这次扶贫普查让我一方面感叹高新技术手段在扶贫领域的应用，另一方面感叹自己见识了什么是现实层面的精准施策。

　　我们工作队共225人，分为9个大组，100个小组开展工作。每个小组分发了平板电脑入户进行面访调查，数据勾选时系统会自动与前期宁县录入信息进行核对，如果信息不符将第一时间弹出错误信息，这时我们普查员就可迅速进行二次核对或者上报指导员相关问题，再由指导员联系解决。带队书记每日晚召开例会反馈问题并进行培训，极大地保证了普查工作的高效性和准确性。在高新技术保驾护航的过程中，面访毫不芜杂，让我更多的精力都在感受宁县面对他们2.83万户贫困户是如何施策。

　　宁县金村处于子午岭西麓，到达的第二天，由于子午岭变幻莫测的雨水我咳的上气不接下气。进到一户人家时，房间的陈设很简单，一床一桌两只小椅。等了半晌，后边屋里慢慢地走来拄着拐棍的主人，腰像是要弯到地上，头又努力地抬起来露出迎客的笑容，胳膊像是也有残疾使不上劲的样子。这种情况的家庭经济收入一般源自低保，仔细一问居然是生产经营性收入占了大头，主人也不吭声，拄着拐把我们领到后面的房间，指着三口大缸说："看看"，然后拿过我的杯子舀了一勺缸内的东西递给我说："尝尝，土蜂蜜，止咳"。他接着说子午岭这地方养人，蜂放出去山里跑一圈，回来就是土蜂蜜。他身体不行，身体好的人去跑山，山里面有羊肚菌、黑木耳、猪岑，光是羊肚菌一样就1000块钱一斤。不过养蜂也挺好，村里为支持他养蜂，还给他报了五小产业，发几千块钱嘞。

还说村里乡里干部都来他手里收蜂蜜，他没有那么辛苦。

　　我去过的每一村都有自己独特的产业风貌，有极大的不同，又有极大的相同。不同于因地制宜，相同于上下同欲。家家户户都在用自己的方法向着美好的生活奔走。他们就像是千百种谷物，有人给挡了天灾，避了虫害，只管肆意地生长，再自由地结出千百种果实来。

五

　　初时还带着稚嫩的学生气，独生女且长在城里的我从小并不擅长交流，怀揣着理想的自己总抱着热情处处碰壁。后来当我带着理解去和贫困户接触时，时时感受到自己也在被照顾。我帮扶的9户人家，家家都把我当自己孩子看待，天冷让我加衣，路远都会送我，每次去家里都提前要想好换个什么借口不留下来吃饭。而当建立了感情以后，我发现我们带着贫困帽的小山村原来一直在拼命地往美丽乡村的方向跑，我们一直在努力让绿水青山变成"金山银山"。

　　与有荣焉，幸甚至哉。

　　年轻人总向往鹰击长空，蓬勃翱翔于天际，见一番世面，搏一回青春。但我理解的见世面不只是去大城市，不只是有高精尖。去上百户农家，见上百种生活，听上百种故事，品上百种滋味，证上百种变化，享上百种喜悦——丰富的，多变的，未曾见过的对我而言都是世面。我承认自己平凡但不承认自己平庸；我承认自己没有见过这世界，但不承认自己没有见过世面。

　　我见了，见的是最好的世面。

　　我守了，守的是最好的世面。

荒岗地长出"脱贫红薯"走上国际餐桌

徐海涛

薯片、红薯仔、拔丝红薯、日式红薯饭……68 岁的汪金龙从来没想过,他家那几亩"十年九旱"的荒岗地能种"高级红薯",还能走出国门,出现在日本、韩国的大众餐桌。更没有想到,自己年过六旬、身体不好,家庭收入还能翻几番,甩掉了多年的贫困户帽子。而这些变化,要从 2016 年说起。

花墙村的贫困看上去似乎理所当然。这个村地处安徽省六安市霍邱县冯瓴乡最北端的江淮分水岭上,岗坡起伏,难留住水,传统上种小麦、玉米、水稻,但"十年九旱,一旱就绝收"。又地处偏僻、交通不便,到县城近百里地,农产品难进难出。成本高、产出低,很多土地常年撂荒。

中国出口信用保险公司与安徽国贸集团是霍邱县的脱贫帮扶单位,2016 年,他们与当地共同设立了霍邱安粮农业科技发展有限公司,一个重要职能就是产业扶贫。

产业扶贫怎么扶?"我们多次调研认为,花墙村的荒岗地比较适合种红薯。"安徽国贸集团旗下的安粮实业发展有限公司副总经理高龙介绍,优质红薯品种耐旱,不易生虫,还可以尝试利用公司的业务渠道出口,获取比较高的经济效益。

安粮公司在花墙村及周边流转了 150 户农户的 600 多亩土地,其中包括汪金龙等18户贫困户的。他们先是对这些荒岗"闲地"进行深耕翻犁、松散土壤,然后引进适合出口的日本红薯品种试种,优先吸收贫困户劳动力前来务工。

不仅有安粮,这几年来自各级政府和社会多方的扶贫之手,让花墙村迅速发生着前所未有的变化。2017年,村里通了自来水;2018年,修通了多条村组道路;2019年,打了几十口深水井,修水渠2.4公里……

"这么多人来帮扶,我们自己也得认真干!"汪金龙说,老伴经常早出晚归去红薯田里帮助拔草、插秧,他身体不好干不了重活,就在家养些鸡、鸭、小龙虾。

在大家的精心培育下,花墙村引进的红薯品种的个头、水分、农残等指标均达到了出口标准。2018年,第一次就收获690吨,出口到日本、韩国等国家,做成薯片、拔丝红薯等多种食品,通过超市、餐厅进入千家万户。

一亩地每年流转收入500元,一个劳动力一年务工收入4000多元……去年,汪金龙家依靠红薯增收6000多元。加上其他收入,他与老伴人均收入超过1万元,比过去翻了几番,实现脱贫。

2019年秋天,花墙村遇到了罕见的"伏秋旱",但新打的几十口深水井发挥了重要的抗旱作用。村里的红薯收成虽受影响,产量相比去年仍略有提升,销售收入则增长了15%。

"实践证明,在花墙种红薯是因地制宜,不仅带动农户稳定增收,还避免了土地抛荒浪费。"如今的花墙村,已经从一个贫困发生率达15.6%的省级贫困村,顺利脱贫出列。目前全乡4个贫困村全部脱贫出列,贫困发生率下降到1%以下。实现了自来水全覆盖,水泥路已从"村村通"到"组组通",未来有望"户户通"。

昔日荒岗今换新颜。在红薯产业的基础上，帮扶单位下一步准备在花墙村引入更高附加值的中草药种植产业，并推动霍邱县的虾仁等特色农产品出口，在当地发掘出更多的脱贫致富"产业活水"。

选自"新华网"2019年12月24日

最忆阳关唱

何玉新

在敦煌西北约 70 公里的库穆塔格大沙漠上，有一个绿色的小岛坐落在茫茫沙海中，这就是地处偏远的敦煌市阳关镇二墩村。二墩村是甘肃省最西端的一个村子，从二墩村向西越过库穆塔格大沙漠就是新疆的罗布泊，向南 25 公里是历史上著名的阳关，往北直行 30 公里则是历史上著名的玉门关。二墩村就处在这两座历史名关之间。别看这是一个不起眼的小村庄，但它可是敦煌葡萄种植的起源地，也是现在全省闻名的富裕村庄。

40 多年前，这里还是一片戈壁荒漠的不毛之地。1976 年盛夏，一支由 100 名热血青年组成的南湖乡垦荒队开进了二墩的戈壁滩，并扎下了营寨。他们挥舞铁锹、镐头，以震撼旷野的气魄，奏响了人类向大自然宣战的凯歌。从此，在二墩这块处女地上，沉寂的历史翻开了新的一页。当时，担任这支垦荒队队长的就是年仅 27 岁的共产党员吴彩华。在荒漠劳作，条件十分艰苦。没有房屋，土坡上挖个洞，便成为他们的穴居。从 20 公里外人背车拉运来的饮水十分珍贵，就连下面所剩的汤他们也要一勺一勺地平均分配。偶然有打柴的马车路过，一些渴极的人便会像发现新大陆般蜂拥过去，侥幸讨到一口水、一块冰，便会成为令他们回味几天的乐事。干涩而肆虐的风，常常把他们新打的地埂一夜间夷为平地。

尽管如此，吴彩华还是和他的伙伴们以坚韧不拔的毅力坚持了下来。在经历了上千个日日夜夜的辛劳之后，在承受了无数次寒风酷暑的洗礼之后，一条长达25公里的渠道终于龙游瀚海般地从南湖的水沟延伸到了这里，一片2000多公顷的农田星罗棋布般镶嵌在了浩瀚的沙漠之上。于是，二墩这块荒无人烟的地方，逐渐显露出它的生机。

为了进一步开发二墩，1979年南湖乡动员全乡32户农民到二墩安家落户，吴彩华又成为开路先锋和群众的领头雁。

沙漠中的二墩，地处中国第九大沙漠库塔格沙漠边缘，是典型的大陆干旱性气候。这里的年降水量仅为38毫米，而蒸发量高达2400多毫米，蒸发量是降水量的60多倍。沙漠上风沙大，沙尘暴天气多。风速年平均1.8米/秒，5米/秒的起沙风年平均78天，沙尘暴年平均8至17天。

一片荒漠，何以生存，唯有树木可以遮挡风沙，涵养水土。要想在荒漠中的二墩站住脚，植树固沙是首要任务。每年春天，栽树就成了二墩的头等大事。吴彩华组织村民在田边地头、村边的风沙口上不断地栽植白杨、红柳。40多年来，二墩人已养成了这样一种栽树习惯，每年不栽几棵树，心里总觉得像缺了什么似的。20多年来，二墩人栽植各类树木100多万棵，形成了村内以高大杨木为主干，村边以低矮灌木为屏障的防风固沙林网，在戈壁滩上开拓出了面积约10平方公里的新绿洲。从远处看，二墩像一叶绿色的小舟颠簸在茫茫沙海上，那么渺小脆弱，那么微不足道，好像随时都会被沙漠风暴吞没。

气温高，干旱少雨，土地贫瘠。如何发展，在沙漠中站住了脚的二墩人在苦苦地思索探寻。种粮食，仅能解决温饱；栽树木，只能防风固沙，解决生存的基本条件。吴彩华几次去库穆塔格沙漠那边的新疆吐鲁番参观考察。二墩的土地、气候条件与吐鲁番极为相似：日照时间长，气温高，光热资源丰富，土地是沙质土地，适宜栽植喜热喜沙的葡萄。吴彩华从吐鲁番规模种植优质葡萄中得到启示，开始在二墩大规模种植葡萄。1983年开始，吴彩华带领群众栽植葡萄700亩，敦煌的种植业从此翻开了崭新的一页。

发展的路子找到了，劣势一下子变成了优势。经过实验，二墩葡萄的品质明显高于敦煌绿洲的其他村镇，完全可与新疆吐鲁番的相媲美，而且比其他地方提早半个月成熟。现在，二墩村80％的土地都变成了葡萄园。这一下，沙漠深处荒凉冷僻、无人愿来的二墩可热闹了。每年夏秋之时，通往二墩的沙漠上拉葡萄的汽车络绎不绝，村里商贩云集，争相收购葡萄，运往成都、重庆、武汉、长沙、兰州等大中城市。

葡萄树成了二墩的摇钱树，二墩成了敦煌农村的首富村。二墩村建起了自己的葡萄基地，昔日的不毛之地变成了炙手可热的金盆宝地，许多外乡人争相拥入二墩村家落户，现已有200多人，这里已建设成一个由中央、省、地财政支持的5000亩葡萄基地。全村的人口比原来增加了一倍，土地的面积也翻了一番。到2000年，村总收入已达到183.4万元，亩均收入4000元，人均纯收入3843元。二墩的农民也由此奔上了小康路，户均年收入都在十几万元，收成好的人家一年可收入几十万元。全村每个农户家都买了拖拉机，有多半农户还买了汽车，装上了无线电话，还有十几户人家到城里买了商品房。村里通了电，通了路，有线电视也早已通到了各家各户。

由于二墩村所在的甘肃敦煌南湖乡地处库穆塔格大沙漠的边缘，四周被戈壁沙漠环抱，境内耕地全为砂壤土，靠5股泉水自流灌溉，年降水量仅40毫米左右，年日照时数约3260小时。阳光充足，降水量小，空气湿度小，蒸发量大，光照充足，无霜期长，耕地均为沙土地，为发展葡萄生产提供了得天独厚的条件。加上病虫害非常少，葡萄果实的干物质积累多，生态条件非常适宜生产无公害鲜食优质葡萄。

所以，敦煌市南湖乡充分利用本地优势，借鉴二墩村吴彩华发展葡萄种植的成功经验，大力发展葡萄产业。1982年初冬，当地农民开始从新疆吐鲁番引进葡萄藤条育苗，1983年，当地大面积栽种葡萄，希望改变种植结构，但很多农民不太接受，缺技术不说，修枝管理也嫌麻烦。"万事开头难"，南湖的葡萄虽然口味好，但由于缺乏管理经验和知名度，出现了颗粒小、商品性差和销路不畅等问题，再加上前期投资大、见效慢等风险，广大农户栽了又挖，挖了又栽，一直持观望态度，所以10多年里葡萄种植没有多大起色。整个20世纪80年代，南湖的葡萄产业并未形成气候。

一直到了20世纪90年代初，南湖的葡萄产业才迎来了发展的黄金期。在乡政府的大力宣传和扶持下，一些农户自发地去新疆习葡萄膨大技术。还有一些"敢于吃螃蟹"的农户"勇向潮头立"，他们不是去找市长而是去找市场，并成功招引了北京、四川、湖北等地的一批水果商来此收购葡萄。销路问题解决了，大家的后顾之忧就消除了，广大农户的种植积极性被点燃了，生产力得到了空前的爆发。大家纷纷行动起来，定植幼苗，打绑桩，绷钢丝，修晾房……几年之间，南湖大地处处架材林立，绿意葱茏，"万亩葡萄基地"已初具规模，甚至连多风、炎热的小气候都改善了。

葡萄产业发展初期，群众中出现畏难思想，南湖乡一方面邀请省、市葡萄种植专家来南湖举办讲座，讲技术，讲市场，讲国内、国际葡萄产业发展的现状和趋势，讲本地发展葡萄产业的优势和前景，并制定出台了补助苗木款、统一供应苗木等一系列优惠政策，鼓励群众积极种植葡萄。另一方面，积极组织党员、干部前往浙江、四川、广东等市场经济运行好的地方,习他们农业产业化经营、市场化运作的成功经验,让党员、干部先干起来,并反复为群众算账,引导群众认识葡萄产业的发展前景。在葡萄基地建设过程中,吴彩华、马丰荣、段海忠、何正武等一批党员干部充分发挥先锋模范作用,率先定植葡萄,在他们的带动下,群众种植葡萄的热情高涨,从1997年到2002年短短的六年时间,全乡葡萄面积从5000亩猛增到了13409亩,翻了一番多,真正形成了"一乡一品"的规模化经营格局。截至2002年7月,南湖乡葡萄种植面积已占全乡耕地面积的99%以上,成为全省最大的鲜食葡萄生产基地,果品远销四川、重庆、湖北、上海等20多个省市。2002年,全乡经济总收入达到2875.92万元,其中葡萄收入2201.3万元,户均2万元,农民人均纯收入达到了4038元,在敦煌市名列前茅。

在抓好葡萄基地建设的同时,南湖乡从打通销售渠道入手,带领群众搞活葡萄流通。乡上一方面发布网上招商信息,召开葡萄促销推介会,参加"天交会"和"国家绿色食品研讨会"等节会,开展经贸洽谈、招商引资,积极宣传南湖乡葡萄;另一方面,把一部分党员干部推向市场,积极鼓励村、组党员干部参与葡萄流通,走出去了解市场行情,与各省市水果市场建立联系,引进新客商,参与到南湖乡葡萄流通中来。在年的摸爬滚打中,白永忠、尤志林、李锋等一批党员干部成为流通能人,他们在流通过程中与客商、农户签订购销合同,充当中介经纪人,为双方提供便利,实现了客商、农户、中介经纪人"三赢"。截至2003年,全乡从事葡萄流通工作的人员达75名,其中村、组干部和党员就达51名,占总数的68%,年销售量在10万斤以上的运销户达42名,真正成为葡萄营销领域的"中流砥柱"。

2003年,酒泉市调整农业结构的力度逐步加大,要求依托实际发展

"一村一品""一镇一品",南湖乡也改名为阳关镇,并成立了专业葡萄协会来指导农民种植葡萄,从提升葡萄市场竞争力入手,后来逐渐形成了"党支部+协会"的发展模式。全镇5个村就是5个分会,在村党支部领导下,分会把葡萄种植、销售、管理都统一起来,实行标准化种植,每亩360株,株距一致,既可控制产量,更可控制质量。在统一种植的基础上,协会又在镇里建立了销售大厅,采购客商先把钱打到协会账户上,再由经纪人领着客商到农户家里交易,交易完后到销售大厅办理手续,协会负责产品检验检疫,农户直接到协会取钱。这种葡萄销售的"阳关模式",既保障了农户的经济利益,也保障了客商的权益。同时,协会还负责制定指导价、联系销售市场,农户只要按统一标准种植葡萄就行。合作社的成长推动了龙头企业与特色农业的联结,使特色农业产业链由种植向加工延伸,促进特色农业进一步壮大。几年下来,阳关镇农民都加入了协会,"阳关葡萄沟"的声名也越传越远。

靠种葡萄走上富裕路的阳关人民抓住时机大搞美丽乡村建设:建葡萄长廊,修葡萄鉴赏采摘园,改造特色民居,田园风光引无数游人竞折腰。截至2015年,阳关镇建成农家园8家,建成20个葡萄采摘园,修建葡萄销售观光亭6个,日销售葡萄收益达1500元左右,每年接待各类游客2万余人次。随着现代人健康意识和审美意识的转变,原始的田园风光和环保的绿色水果大追捧,阳关葡萄沟每年拥入大量前来休闲观光的游客。阳关镇被人们誉为敦煌阳关葡萄沟景区,成为敦煌和丝路旅游的又一胜地。

特色产业鼓足了阳关镇农民的钱包,富裕起来的农民修建小康住宅,购买小轿车已成为时尚。2017年进行的新农村建设,更使全镇的面貌焕然一新:家家门前的渠沟沿栽上了仿古的围栏,渠里栽满了香花槐树,青瓦白墙上贴上了汉唐风格的浮雕……当你驱车驶进阳关镇,一股清凉扑面而来,路两边整齐的葡萄绿意盎然,让人心旷神怡。同时,旅游观光农业呈现出蓬勃发展、促农增收的新格局。新的形势带来新的机遇,阳关镇政府也把工作重点放在民生幸福上,打造新亮点,努力将阳关镇打造成为全市美丽乡村建设的示范镇、文化旅游名城的后花园和对外开放的亮丽名片,建设"经济强、百姓富、环境美、社会文明程度高"的新阳关。

今天,靠葡萄鼓起腰包的阳关镇广大农民朋友胆气也豪壮了,开始追求起生活质量。每年十月底,等葡萄全部"入土为安"后,辛苦了半年的阳关人纷纷揣着票子去当"城里人",全家在城里定居,在城里消遣,有的去海南、北京旅游,或去跳广场舞;年轻人则有的利用农闲时间参加"职业农民培训",有的利用电商平台销售葡萄干……"财大气粗"的阳关农民惹得敦煌其他乡镇的人们羡慕不已。近几年,敦煌市连续举办了几届"葡萄节"和"文化博览会",更使得"阳关"牌葡萄蜚声海内外,为阳关葡萄找到了更好的出路。

选自甘肃科学技术出版社《陇上百村纪事》

零报酬"行长"

靳 艳

"我转2000给孩子""我想继续扩大养殖规模,需要贷款"……2020年7月的一个午后,宁夏回族自治区吴忠市盐池县曾记畔村便民服务金融中心里挤满了人,他们或转账汇款、或申请贷款,面对村民需求,柜台后的朱玉国都一一耐心服务。

朱玉国是曾记畔的村支部书记,2006年,他开始探索金融扶贫,2015年曾记畔村便民服务金融中心成立后,又多了个零报酬"行长"的身份。

从"要"到"贷"

2006年10月,曾记畔村被确定为全国首批村级互助资金试点村,国家给其拨付20万元扶贫互助资金。当时还是村文书的朱玉国意识到,不能再直接发钱了,"这样村里人会越来越穷,会养成'要钱'的习惯。"朱玉国在村干部会议上这样提议。"那这钱怎么用?"钱是用来帮扶村民的,朱玉国倍感压力,连续几天彻夜难眠。经过几天的思索,朱玉国提出了把钱"贷"给村民的想法,村"两委"班子随即召开会议,最终确定了按4:6的比例给村民发放贷款,40%入股到互助社,60%贷给到贫困户手里,若不续贷,便将入股到互助社的资金如数返还。为了防止资金流失,确定"五户联保"机制,创建"授信评级"制度。通过审核贷款人以往借贷史、贷款是否用来发展产业,及民主评议道德分来划分等级,等级不同贷款数额不同,得分过低者取消当年贷款资格。

确定了方案便开始动员实施,等来的却是"发钱就直接发,不发就算了""还要入股,啰嗦"……朱玉国挨家挨户劝说,集合村里老党员、村干部、大学生村官的力量,终于有了来贷款的人,他们按照"五户联保"机制都找了担保人,可这中间又出现了新问题。相对有钱的都有人愿意联保,几户贫困户无人愿意与其联保。贫困户纷纷找上门来:"朱书记,穷得都没人愿意帮我,我不想再穷了。"朱玉国见状悲喜交加,悲的是贫困户的生活如此贫穷,喜的是贫困户终于意识到穷的可怕。他决定趁热打铁,一改贫困户伸手要钱的习惯。于是,朱玉国许下承诺:"没人联保,我保你!"一笔笔在担保人后签下朱玉国的名字,一次次发放贷款前的劝说,让曾记畔村民们意识到想要富起来,就要动起来。

从无到有

曾记畔许多村民都是第一次发展产业,如何保障贷款发挥作用是朱玉国日夜担心的问题。2009 年 1 月,朱玉国发动村干部再次讨论贷款运用事宜。村干部们在会上竞相发言,创造出一套"党支部 + 合作社 + 贫困户 + 党员"的"1 帮 1"的帮扶模式,规定 1 名党员帮扶 1 户贫困户。"就算买只羊,党员也要跟着去。"朱玉国坚定的眼神让贫困户心里有了底。

1 个婆姨、1 床被褥、2 个娃娃,王昶的口子曾穷得叮当响。"朱书记,信用社担心我还不上钱,不借给我。"2012 年,朱玉国带着他就往县城的信用社去为他担保。贷上款的王昶在朱玉国的陪同下买了 50 多只羊。由于王昶吃苦耐劳、踏实肯干,再加上朱玉国的支持帮扶,到 2019 年底,王昶的羊存栏量已经达到 300 多只,还在县城里买了楼房和小汽车。"以前都是靠自己，哪有一对一帮扶，现在的日子真是好！"

王昶的好日子来了，曾记畔的好日子也来了。信用社贷款规定年满60周岁不能贷款，但在曾记畔大多数养殖种植行家集中在60岁以上。2016年1月，朱玉国找上金融部门去，讲明村中现状："他们有能力，身体也壮实，只是年龄限制了发展……""可是信用社并无先例啊。"工作人员的回应并未打消朱玉国的念头，他向县、乡党委、政府汇报后，得到高度重视，在有关部门协调下，2016年4月，盐池县信用社将可贷款年龄放宽至65周岁。

帮扶模式从无到有，放宽贷款年龄限制从无到有，朱玉国的努力换来了曾记畔发展之路的从无到有。但走到这里的朱玉国并不满足，他有一个更大胆的想法。

风险提前防

2007年、2010曾记畔村先后各有一位贷款人因意外身亡。好在两位贷款人的家属都讲诚信，七凑八凑还上了贷款，朱玉国拿着家属送来的钱心里不是滋味，他想：这钱本是帮助村民致富的，一个意外又让全家人陷入贫困。

怎样不让雪中送炭变成雪上加霜？朱玉国想到了保险。2012年，他骑上摩托车跑到盐池县中国人寿保险营业厅，来来回回七次，朱玉国盼来了"领导来了通知你"的消息。

时钟的分针在朱玉国脑海里缓慢地转动着，"朱先生，领导回来了，您赶紧过来吧。"朱玉国挂了电话，立即奔赴县城，这已经是他第八次上门。朱玉国操着曾记畔"特色"的普通话，条理清晰地讲述贷款上保险的来龙去脉，"您一定要考虑考虑啊，不吃荔枝不知道荔枝的甜呐！""那就1000元交6元的保险。"农民终日守着土地，辛苦的劳作场景在朱玉国眼前浮现，他大胆和该负责人砍起了价。一番讨论，决定1000元贷款交4元钱保险。

带着这个好消息，朱玉国一路歌唱回到了曾记畔，"好消息，咱们贷款也能上保险了，1000元只需要交4元钱，出了意外还不了，保险公司全额赔付。"

村民们的掌声一浪接着一浪，直称赞这个法子好。"党的政策这么好，咱们可得好好干！"人群中的王昶成了脱贫典型后，信心倍增，鼓励着大家。

那之后，朱玉国利用闽宁协作资金帮着村里建起来柠条加工厂，加工苜蓿、玉米秸秆，现在又计划着再建个小杂粮加工厂。随着产业项目逐渐扩充，村民们的贷款需求也越来越多，2006年至2019底，全村累计贷款达到了3亿元。2016年，朱玉国被授予全国脱贫攻坚奋进奖，同年，曾记畔也摘掉了穷帽子，2020年朱玉国还当上十九大人大代表为农民发声。

朱玉国焕活了曾记畔，也给了宁夏金融扶贫启发。在他的影响下，金融扶贫从曾记畔走到了盐池县，渐渐地在全区推广开来。2015年以来，全区累计发放扶贫小额信贷265.4亿元，受益贫困户58.7万户次。

诚信信贷鼓了贫困户的口袋，营造了诚信做人的社会风气。"我现在成天在村里的便民金融服务点忙碌，都成了零报酬'行长'了。"朱玉国笑着说。集基础便民服务于一体的曾记畔便民金融服务点是农民智慧的缩影，也是金融扶贫的成功探索。

选自《中国扶贫》2020年18期

五养模式全覆盖　特困老人享晚年

巴富强　郜　敏

"是孙女和儿媳一起把我接回家的，和儿媳住在一起，有吃有喝，再也不用操做饭的心啦！"河南省太康县老冢镇三王行政村的陈月芹老人说起眼下的生活，脸上流露出幸福的笑容。陈月芹老人是太康县正在开展的"红领巾接爷爷奶奶回家"活动的受益者。

连日来，太康县开展的"红领巾接爷爷奶奶回家"活动，成为冬日一道亮丽的风景。这是太康县实施"五养模式"助推亲情赡养，让特困老人安享晚年的又一创新举措。

太康县是一个拥有150多万人口的农业大县，被国家划入大别山片区贫困县。长期以来，原有的乡镇敬老院年久失修、管理不善，特困人员进不来、留不住。农村鳏寡孤独残特困老人的脱贫和养老问题，是越来越难啃的硬骨头。为破解农村特困人员脱贫和救助供养难题，太康县进行大胆探索和尝试，在全县范围内创新实施集中供养、社会托养、居村联养、亲情赡养、邻里助养"五养模式"，开创农村特困人员兜底脱贫和养老新路径，真正达到每一位特困老人"困有所养，应养尽养"。

正如太康人所说，"特困老人，总有一种养老模式适合你"。截至2018年底，全县共改造建设19所乡镇敬老院、1所社会福利院、27所医养结合的社会托养机构、95个居村联养点。全县共有特困人员9733人，其中，集中供养991人、社会托养590人、居村联养1813人、亲情赡养6012人、邻里助养154人，实现"五养"全覆盖。

集中供养，提升规范化服务和管理水平。太康县投资2600万元，对现有16个乡镇敬老院实施升级改造，把3个乡镇的闲置学校改建成敬老院，配齐基本供养设施，进行美化、亮化、绿化，扩大接纳容量。敬老院工作人员持证上岗，工资纳入县财政预算。建立健全了各项管理制度，为老人提供规范化、周到化、细微化服务，提高集中供养率和特困老人满意度。

社会托养，实现居住医疗养老完美结合。为了能给失能半失能特困人员提供治疗期住院、康复期护理、稳定期生活照料以及临终关怀一体化的健康养老服务，太康县选择永兴医院等六所医疗机构作为医养结合托养试点。特困人员供养经费享受公办敬老院同等政策待遇，特困人员医保费用、供水、供电、供气、供暖、通信等方面落实相关优惠政策。太康县"社会托养"举措得到社会各界的广泛支持。太康县高贤乡"中国好人"陈国厂把自己筹资600万元建设的医疗护理型养老院捐给了乡政府，而他和家人还住着漏雨的破旧平房。

居村联养，圆了在家门口安享晚年的梦想。针对难舍故土又无亲人赡养的特困人员，太康县将村中闲置庭院、废弃村室和校舍等改建为居村联养点，明确村"两委"一名成员主管，按照特困人员集中供养政策配备工作人员，负责照顾供养对象日常生活、遇到生病等特殊情况及时送医救治等工作。目前，该模式已在全县23个乡镇的95个贫困村推广试行，1813名特困老人入住居村联养点。

亲情赡养，打通人性回归最后一公里。太康县以村新风协会为载体，采取入户座谈等形式，与特困独居老人的亲属谈心，引导他们弘扬孝道，承担赡养义务，经双方自愿，村民代表大会公认，签订亲情赡养协议，进行司法公证、村内公示后，将老人接回家中"合锅同住"，村新风协会跟踪监督。亲情赡养"吹开"和谐花。在榜样的带动下，太康县掀起了争、比"接父母（亲人）回家"热潮。太康县各中小学创新开展"红领巾接爷爷奶奶回家"活动，凝聚起向上向善、孝老爱亲的正能量。截至2018年底，全县累计接亲人回家10155人。

邻里助养，让特困老人在家中享受到关爱和温暖。在大力提倡亲情赡养的同时，太康县充分发挥农村党支部的引领作用，采取政府补贴、志愿服务、开发公益性岗位等形式，组织有爱心、年龄不超过55周岁的贫困人员，在双方自愿的前提下，帮助特困人员洗衣做饭、打扫卫生等日间照料，村委会每月给帮扶人员发放500元助养补贴。至2018年底，已有154名特困老人在助养人的帮助下过上了幸福生活。

大爱有行，至善无疆。"五养模式"实现了贫困老人老有所养、老有所学、老有所乐、病有所医、弱有所扶，有效破解了农村特困人员的脱贫和养老难题。以此为载体，传承了孝善文化，弘扬了中华民族尊老、敬老、爱老、孝老的传统美德，推动了乡风文明提升，密切了党群干群关系。

选自河南大学出版社《脱贫攻坚　河南实践》

元古堆村的美丽蝶变

聂中民

定西是中国"三西扶贫"的肇始之地，曾以左宗棠"苦瘠甲于天下"的描述而"穷名"远扬。地处陇中腹地的渭源元古堆村三面环山，曾经写满了"远古""落后"和"闭塞"。全村1917人中扶贫对象就占到1098人。

2013年，元古堆村成为渭源精准扶贫的试验田，定西乃至陇原扶贫开发的窗口，更成为陇原大地脱贫攻坚辉煌成就的缩影。

元古堆村位于黄河两大支流渭河与洮河分水岭北侧的山峦中，高寒阴湿的环境，让这里成为远近闻名的贫困乡村。多年前，元古堆村群众居住的是土坯房，就医困难，村民既喝不到安全卫生的自来水，又没有公路、公共厕所、路灯等基本的生活设施。每个要到元古堆村去的干部都知道，进村必须要备双雨靴，还得做好和泥路"抢鞋"的准备。有时，一只雨靴陷进泥里，好不容易将脚拔出来，另一只雨靴却又陷进了泥里。

铿锵誓言响彻神州大地，殷殷嘱托铭刻干群心间。在元古堆村，变化首先是从道路开始的。如今，一条条平坦的水泥路穿村而过，一排排新砖瓦房整齐排列，一栋栋搬迁的新居宽敞明亮。村民喝上了"安全水"，用上"常明电"，住上了"舒适房"，一件件喜事让群众笑逐颜开。

80多岁的村民马岗就特别高兴。他住了半个世纪的土坯房终于要被拆掉，重新修建。3年前，马爷家里糊在房梁上用于避寒的旧报纸，由于漏雨，有些松动，像泛黄的棉絮一样耷拉在梁上，眼看着就要掉下来。他家本有4口人，但因太穷，儿媳离家出走，只剩下他和儿子、孙子相依为命，靠低保和儿子零散打工艰难维生。面对3万多元的重建巨款，马爷不但没着急反而像吃了一颗"定心丸"。看着同村杨尕苍快要建好的砖混结构新房，包括马爷在内的很多村民心里有了底。

2016年，元古堆村有10多户极其困难的村民获得政府3万多元的维修资金；180多户稍有经济能力的村民，得到政府给予的每户2万元危旧房改造维修资金。

拆掉土坯房，住进新房子，是元古堆村众多村民最大的梦想。但当地政府给他们的惊喜并不局限于修房。要说村里最大的变化，还是村民思想观念的解放，过去的"要我干事"变成了"我要干事"，过去的"要我脱贫"变成了"我要脱贫"。在一揽子的扶贫中，就包括定西市、渭源县两级党委、政府的一项金融扶贫实验：让元古堆人接受富有现代感的"证券"。

2014年，全村447户中的178户都以现金入股的形式做了"圣源"的小股东，最多可入12股，每股500元。2014年，村民人均纯收入达到3405元，是2012年的2倍多。因为"小股东"股本不大，这两年收益率虽高，但分红不多。这并非真正的"众筹"，更多的是投资理财"训练所"，让村民们不再只埋头种地，也会抬头看市场。任连军是众多"小股东"中受到启发的一个，地里的麦子换成了百合、中药材，家里养起肉羊，自己有时还搞点儿小贩运。

新房建起来了，道路硬化了，河堤修了，农电改造了，养老院建了，学校也改建了，村卫生室、文化活动场所也建起来了，整个村容村貌焕然一新。随着甘肃省精准扶贫不断发力，元古堆村正在悄然蝶变。

每天望着元古堆村梁上社的光伏电站在阳光普照下闪闪发光，村民陈广兰都会感叹道："白花花的日光也能挣钱，我想都没有想过，这光伏电站多亏了张书记。"群众口中的张书记，就是从北京来元古堆村进行扶贫工作的"80后"干部张婉婷。2015年8月，在北京一国家机关工作的张婉婷千里迢迢来到元古堆村，挂职担任村党支部第一书记兼驻村工作队队长。

"元古堆村日照时间长，可以进行光伏扶贫。"张婉婷结合自己过去的项目运营经验，提出了因地制宜，发展集中式光伏发电站的思路。这时，恰逢甘肃省有这个项目。说干就干，在国扶办的支持下，张婉婷通过多渠道、多途径积极寻求各方支持，成功为元古堆村争取来集中式300kW光伏电站项目。按照国家2015年的补贴政策，元古堆村每发1度电，国家就补贴0.57元，上网电价是0.38元，两项之和让村里每度电收入0.95元，这样每年就可以给村里带来20万元左右的收入。

张婉婷的思路宽、想法多、眼光远，让当地村干部佩服不已。看到元古堆村不少村民发展肉羊养殖，张婉婷专门找到一家北京的网络直销公司，在村里发展"订单养殖"；张婉婷利用项目资源积极与相关企业衔接，达成了总投资6000多万元的百合育苗+种植+深加工基地的建设项目；指导领办创办种、养殖专业合作社16家，动员致富带头人、帮扶企业兴办了塑业编织厂、矿泉水厂，吸纳全村260名贫困群众到厂务工。

初秋时节，陇中山谷之间的青草开始泛黄。青砖红瓦白墙的房屋、整洁宽敞的马路、精致典雅的小广场、整齐排列的太阳能路灯……

如果不是村委会房顶上"元古堆村"四个红色大字提醒，人们始终无法把这里和三年前的元古堆村联系起来。

在元古堆村贫困户龙永锋家里,他扳着手指头向记者盘点着自己的收入:"去年入股帮扶企业的股份分红1200元,为企业种的马铃薯原种卖了4000元,贩药材挣了1.5万元,娃娃上学补助了七八千元,加上我打零工的收入,日子过得比以前松活多了。"

"我现在正在研究开网店和真空包装,准备把我的林下虫草鸡卖到更远的地方。"27岁的黄吉庆以前是低保户,2012年下半年利用退耕还林的山地和惠农贷款发展林下养殖,两年就还清了10万元贷款和9万元外债,去年又赚了11万元。随着对市场了解的不断深入,他的眼界越来越宽,信心越来越足,打算在脱贫的基础上发家致富。

"以前只要有新政策实施,我心里就有疙瘩,感觉不靠谱,所以老抵触。"过去对政府政策抱有成见的元古堆村贫困户郭连映,如今成了半个生意人。随着渭源县围绕特色优势产业,发挥企业带动作用,探索产业扶贫新模式,鼓励农户以技术、圈舍、羊只、土地等入股获得收入,"分红"成了各村的时髦词,郭连映也从分红中摸索出自己的"生意经"。

养羊是49岁的元古堆村村民何贵生的"毕生事业"。从青少年时期开始,他就在附近的山上放羊、种地,闲暇时外出务工,全年收入仅够维持温饱。2013年,政府为何贵生免费发放7只羊,在驻村干部和技术特派员的指导下,他联合6户养羊户成立了渭源县胜发专业合作社,以羊圈和羊只入股成为合作社的"大股东"。三年来,合作社"联户经营,资源共享,互利共赢",为老何家脱贫做了大贡献。

看着老何家从"抱团"合作中尝到了"甜头",村民们纷纷展开合作。

过去一贫如洗的何贵生现在已经有了自己的收入账本:卖羊收入2万多,净赚1万元;4亩马铃薯,种子、防虫药等由马铃薯合作社免费提供,订单出售给合作社收入1万多;自己和儿子务工收入18000元;当归1

亩地收入4000多。全家5口人,全年收入4万多元。如今,何贵生在元古堆村良种羊繁育专业合作社一边学技术一边工作,每月还能领到2000元工资。

在元古堆村,"企业+"模式衍生了6种类型,让村民过上了好日子。按照规划,全村人均纯收入年均增长18%以上,预计2020年可达到5510元,与全省同步进入小康社会。

"村容村貌变样了,电网改了灯亮了,自来水通上了,道路硬化宽敞了,金融贷款放下了……致富的信心更旺了。"一曲当地人自编自唱的"花儿",道出了元古堆的新面貌。

选自甘肃科学技术出版社《陇上百村纪事》

此心安处是吾乡

王健任

"今非昔比，恍如隔世啊！"

这是 2020 年 6 月 8 日，习近平总书记在宁夏吴忠市红寺堡区弘德村考察时，看完回族群众刘克瑞拿出的一张照片后，发出的感叹。

弘德村，是黄河岸边的"十二五"生态移民村。2012 年 7 月，刘克瑞一家 4 口人，随着大移民从老家固原市原州区毛套村来到了弘德村。习近平总书记看到的照片，就是当时刘克瑞一家在旧房子前的合影。

当刘克瑞一家在西海固的"穷山恶水"间为了实现基本温饱而挣扎煎熬的历史影像，倒映在如今安居乐业、昂首阔步迈向小康的现实场景时，"今非昔比"的感触油然而生。

当刘克瑞一家在生产生活中只用了 8 年时间演绎完翻天覆地的变化后，"恍如隔世"的感叹情不自禁。

在搬迁中告别贫困的宁夏，在过去近 40 年里实施了 6 次波澜壮阔的大规模移民搬迁，在塞外的山河间，诉说着 123 万余个"今非昔比，恍如隔世"的生动故事。

没有乡愁的故乡

西海固过去是个什么地方？

永宁县闽宁镇原隆村村民王志珍说，是一个给不了乡愁的地方。

王志珍的故乡在固原市原州区石湾村。2012年，全家5口人通过宁夏"十二五"生态移民搬到了原隆村。

搬到原隆村8年多时间里，王志珍丝毫不想念那个生活了40多年的村庄，除了贫穷，实在想不起在石湾村有什么值得怀念的美好记忆。王志珍说，过去西海固人的生活，就是生出来，挣扎着活下去。

西海固的极度干旱，造成了土地的极度贫瘠。即使高产的玉米，在这里亩产也不过200余斤，而种子就得40多斤。如果种小麦，平均亩产只有100斤。王志珍还记得，幼年时兄弟俩心疼父母，偷偷背着种子、扛着犁耕种了一亩多玉米后，换来的却是父亲的一顿打。在西海固，关乎全家人一年生计的耕种，容不得半点差错，装种子的布袋，万万不能交给孩子。

王志珍幼年时最深刻的记忆，就是等水、拉水。全村人的饮水，全靠山沟里渗出的一汪又苦又咸的泉水。每天清晨鸡还没叫，泉水边已经等满了人。一汪泉水能装满3桶，而渗满就需要半个小时。于是，无论何时，都能在泉眼旁看见一群孩子推着车、挑着桶在那里等水。王志珍说，遇见大旱年景，政府送水车后面跟着一群即将干渴毙命的麻雀，赶都赶不走。

这方贫瘠的水土已经倾其所有，这方勤劳的百姓已经竭尽所能，但黄土地上的一条条沟壑褶皱，如同西海固人民脸上饱经苦难的皱纹一般，诉说着太多的苦难与无奈。

在宁夏南部山区，从20世纪50年代开始的减贫实践表明，西海固自然条件极差，开发建设所需的能源短缺，交通落后，无力也无法就地改变贫困局面。并且，南部山区人口密度超过临界指标数倍甚至十几倍，人口超载已达到必须迁出一部分人口不可的地步。这一系列因素，导致在 20 世纪 80 年代之前，党和国家在西海固扶贫工作上的巨大投入并不能收获对等的回报，西海固人民的生产生活条件也难以从根本上改善。

1982 年，国家作出实施"三西"地区（甘肃河西、定西，宁夏西海固）农业建设的重大决策。党中央、国务院的深情厚爱和大力支持，给了宁夏回族自治区党委政府极大的鼓舞。

宁夏抓住机遇，下定决心：搬！

这条波澜壮阔的移民之路，宁夏回族自治区党委政府一任接着一任走，越走越长；123 万多搬迁群众的步履坚定，越走越阔。

吊庄移民——1983 年，按照"3 年停止破坏，5 年解决温饱，10 至 20 年解决问题"的目标，宁夏制定了"以川济山、山川共济"的扶贫开发政策，采取吊庄移民的方式，搬迁南部山区部分生产生活条件比较落后的 19.8 万贫困群众，开创了宁夏扶贫移民搬迁的先河。

扶贫扬黄灌溉工程移民——1998 年，按照《国家八七扶贫攻坚计划（1994—2000 年）》，宁夏在"双百"扶贫攻坚中，确立了"兴水治旱、以水为核心、以科技为重点、扶贫到村到户"的思路，伴随宁夏扶贫扬黄灌溉工程建设，累计搬迁安置中南部 8 个县（区）30.8 万人。

易地扶贫搬迁试点移民——2001 年，借助党中央易地扶贫搬迁试点移民工程，宁夏坚持"政府引导、群众自愿、政策协调、讲求实效"的原则，以居住在中南部山区偏远分散、生态失衡、干旱缺水、就地难以脱贫的贫困人口为搬迁对象，在红寺堡、固海扩灌等灌区搬迁安置移民 14.72 万人。

中部干旱带县内生态移民——2008 年，宁夏在千村扶贫整村推进中，把西海固地区的扶贫开发纳入全区经济社会发展全局统筹考虑，实施中部干旱带县内生态移民工程，累计搬迁安置移民15.36万人。

"十二五"中南部地区生态移民——在"十二五"期间，宁夏按照"山上的问题山下解决，山里的问题山外解决，面上的问题点线解决"的思路，对中南部地区的9个县（区）中，生活在"一方水土养活不了一方人"区域的34.5万人实施了搬迁。

"十三五"易地扶贫搬迁——新时期易地扶贫搬迁工作启动以来，宁夏充分借鉴历次移民搬迁经验，采取县内就近、劳务移民、小规模开发土地、农村插花四类安置方式，对中南部地区9个县（区）8.08万贫困群众实施了易地扶贫搬迁。

历史在这里翻开了崭新的一页。宁夏回族自治区党委政府一任接着一任干，让数以百万计的西海固群众的命运得以逆转，近40年的移民工程托起123万群众的小康梦想，凝结成一部宁夏扶贫移民工作的厚重画卷。

2012年6月4日，王志珍全家将踏上一块新的土地。虽然他对这块新的土地所知不多，甚至根本没有到过那个地方，但他坚信，再穷穷不过西海固。

那天上午，王志珍一家跟随原州区一支由208个家庭、1400余口人、100多辆汽车组成的队伍，开拔到300公里外的原隆村，告别了祖祖辈辈居住的故乡。

像逃离这片土地一般，望着生活了40多年的故乡渐行渐远，王志珍没有一丝留恋。

"终于离开了这个鬼地方！"

　　　　已把他乡作故乡

"今日的干沙滩，明日要变成金沙滩。"

这是1997年时任福建省委副书记的习近平，在银川城外永宁县的一片戈壁滩上的预言。

20多年斗转星移，流年成画。2016年7月19日，习近平总书记来到闽宁镇原隆移民村。当年"天上无飞鸟，地上不长草，风吹石头跑"的景象早已成为历史，这里已经从当年只有8000人的贫困移民村发展成为拥有6万多人的"江南小镇"——干沙滩变成金沙滩的预言已成现实。总书记指出："移民搬迁是脱贫攻坚的一种有效方式。要总结推广典型经验，把移民搬迁脱贫工作做好。""闽宁镇探索出了一条康庄大道，我们要把这个宝贵经验向全国推广。"

西海固人兰金芳的梦想，也在移民中搬进了现实。

每当有人问起在银川打工的兰金芳是哪里人时，兰金芳总会告诉他们自己的"第二故乡"——银川市兴庆区月牙湖乡滨河家园三村。

兰金芳的"第一故乡"是彭阳县黑牛沟村，他在那里生活了30多年。2012年，通过生态移民搬到了"第二故乡"。

虽然在滨河家园三村生活了只有8年时间，但兰金芳觉得在这里自己有房有地有亲人，因此把这里当成自己的家乡也理所当然。

从黑牛沟的沟壑纵横到400多公里外黄河岸边的一马平川，从顿顿吃土豆到天天吃白面米饭，从天天挥舞锄头到天天转着汽车方向盘，兰金芳没有觉得不适应。这些场景他再熟悉不过了，因为已经期盼了很多年，梦见了无数次。

成功的移民，不只是空间上的迁徙。纵观宁夏6次大规模移民，每一次都是结合当时经济社会发展情况，重新配置自然资源、整合各类发展要素、扩大群众发展空间、壮大群众发展能力的壮举。

在吊庄移民时期，宁夏按照"有水走水路，无水走旱路，水旱路都不通另找出路"的基本思路，让搬迁群众在引黄灌区有灌溉条件的荒地上开垦出了新家园。

在扶贫扬黄灌溉工程移民时期，宁夏通过扶贫扬黄灌溉工程把黄河水上扬数百米，开发灌溉耕地80万亩，让长期缺水受穷的南部山区农民走出祖辈居住的大山，喝上黄河水，种上水浇地，迈向新发展。

在易地扶贫搬迁试点移民时期，宁夏按照"人随水走，水随人流"的思路，让饱受干旱困苦的群众在红寺堡灌区、固海扩灌区、盐环定扬水灌区、彭阳县长城塬灌区、中卫市南山台灌区、南部山区库井灌区、平罗自流灌区以及农垦国有农场等自然条件优越的地方，安了家、扎了根；

在中部干旱带县内生态移民时期，宁夏通过劳务创收和发展特色种养业为主要措施，改善搬迁群众生产生活条件，让搬迁群众"两条腿"走稳致富路。

在"十二五"中南部地区生态移民时期，宁夏通过把34.5万人集中安置到近水、沿路、靠城和打工近、上学近、就医近以及具备"小村合并、大村扩容"的地方，让搬迁群众靠特色种养、劳务输出、商贸经营、道路运输摆脱贫困。

在"十三五"易地扶贫搬迁时期，宁夏统筹考虑水土资源、新型工业化、城镇化、信息化、农业现代化等因素，将安置区选择在近水、沿路的地方，通过产业配套、劳务移民等多种途径，让搬迁群众实现搬得出、稳得住、能致富。

宁夏的移民成效，不仅体现在随处可见的一排排整整齐齐的新房子、一个个充满活力的新村庄里，更体现在123万搬迁群众在新土地上拥抱幸福新生活新故事中。

在弘德村过上好日子的刘克瑞，不想忘记曾经的苦日子，他在客厅的墙上，不仅挂上了如今幸福洋溢的全家福，还挂上了给习近平总书记看过的那张搬迁前全家在旧房子前的合影。他想用两张照片的鲜明对比，时刻提醒自己：今天的好日子，全是党和政府给的。

"我家2017年就脱贫了，全家年收入10多万元。"谈到现在的生活，刘克瑞幸福满满，扳着指头算了起来：自己负责看护村口蓄水池，老伴儿就近打零工，一年下来少说也有两三万；儿子儿媳在附近的纺织厂打工，年收入五六万；家里养了3头牛，一年净赚一两万；还有土地流转费、合作社入股费。现在收入多花销还少了，粮食是自家种的，看病有新农合，孩子上学有义务教育……

"哪里能过上好日子，哪里就是我们的家乡！"

西海固重获新生

"西海固变了！"

在红寺堡区扎下根的刘建军，前两年再次回到故乡同心县红湾村后发现，曾经的"烂泥湾"如今瓜果飘香、郁郁葱葱，留下来的乡亲们的日子也发生了翻天覆地的变化。

红湾村，因村庄位于一条雨水冲刷出的干湾，且村里的土丘中广布红胶泥而得名。

望着这片土地，刘建军感到陌生。"这可是曾经生活了20多年的故乡啊！"刘建军说，曾经赶着羊群翻遍了每一座山头，为了砍柴走遍了每一条沟壑，如今再回这里，竟然迷了路。

刘建军回忆，以前红湾村人多、羊多。为了种地，村民把能站住人的地方都犁了种粮；为了养羊，羊啃光了草皮，光秃秃的山丘一年四季一个样，太阳一照红得刺眼；为了烧柴，砍完了山上所有的树，割完了所有的灌木，最后孩子们扛着锄头，去刨被羊啃完草皮后地下的草根。

而如今，红湾村的底色已由"贫瘠红"变成了"生态绿"。曾经光秃的土丘已渐渐披上了"绿装"，荒滩上20厘米高的野草茂密如毡，农家宅院里墨绿成荫。

这样的改变始于生态移民。2013年，红湾村800多人搬迁到宁夏地势平坦、交通便利的引黄灌区，村里的3000多只羊也悉数"撤离"。这让生态超载的红湾村有了喘息的机会。

在西海固，贫困与生态脆弱性成高度正相关。过去，这里每平方公里土地最多承载22人却要养活142人。如今，迁出去的移民过上了好日子，迁出区的土地也得以休养生息。同时，宁夏加大了对迁出区生态修复力度，通过实施大六盘山水土保持生态安全屏障建设，中部干旱风沙区水土保持生态保护治理等重大生态工程建设，让西海固披上了绿装。

据宁夏林业和草原局提供数据显示，通过造林种草，目前宁夏已完成生态移民迁出区生态修复230万亩，迁出区森林覆盖率达到16%。

刘建军来到了"发小"锁成贵家中，锁成贵作为红湾村留下来的少数几户见证了红湾村的生态巨变。锁成贵告诉他，如今村里飞鸟、野鸡渐渐多了起来，山里甚至还出现了多年没见的狐狸等野生动物。

现在，锁成贵还有一个新身份——生态护林员。2007年来，同心县共完成移民搬迁近13万人，迁出区土地总面积达376万亩。2016年，同心县成立了生态林场负责迁出区生态保护工作，锁成贵成为生态护林员后，每年有1万元的工资。

好生态也成为锁成贵等留守群众脱贫致富的"本钱"。除了种地、当生态护林员，锁成贵还和老伴儿种了十几亩文冠果。如今，宁夏各地探索移民迁出区"生态友好"的发展路径。同心县在移民迁出区种植了

10.6万亩的文冠果经济林。固原市彭阳县则在移民迁出区培育了山楂、苹果等经果林1万亩。

2018年，固原市在迁出区实施了"一棵树、一株苗、一棵草、一枝花"的"四个一"林草产业工程，已建成试验示范园17万亩，计划今年达到440万亩。昔日"苦瘠甲天下"的西海固，经过多年生态建设及修复，固原市在满目疮痍的黄土地上谱写了壮美绿色篇章，如今在山间种出产业、种出风景、种出财富，实现百姓富与生态美的有机统一。目前固原市森林面积422万亩，森林覆盖率28.4%。

地变了，天也变了。生态修复还使移民迁出区小气候有所改善。固原境内的战国秦长城，与我国地理学上400毫米等降水量线重合。如今，400毫米等降水量线已经跨过六盘山，越过长城，向着更西北前进。

刘建军感叹，原来不是故乡拖累了他们，而是他们拖累了故乡。他们的搬迁，仿佛给疲倦不堪的故乡卸下了包袱，"解放"了这片山河，也"解放"了这方人。

而对于"留守"故乡的锁成贵来说，虽然没能搬出去走上新路子，但守着家乡也过上了新生活。"看着守护的沟沟岔岔一天天绿起来，心情怎能不好？以前我们这里是有名的天旱地贫的穷窝窝，现在生态一天天变好，穷窝窝也变成了富裕地。"

故乡越来越美，家乡越来越好。"日暮乡关何处是？"123万搬迁群众用今天的好日子给出了答案：此心安处是吾乡！

选自《中国扶贫》2020年18期

笑语如歌

阎润文

我对家乡水坝的记忆，依然停留在 20 世纪 90 年代初期。说句实在话，自从考上学校离开家乡，我一直很少回去过，有时老家过事情，我也是匆匆忙忙去，匆匆忙忙离开，只是路过。时间磨损的岁月，让我忽视了许多，嫩草、鲜花、露水、山泉、牛羊和那些隐匿于山村深处的人们以及一些事物的交替变化和人们的生产活动。偶尔一颗劳顿的心，凝神谛听山野的润湿与幽静，遥望远处苍郁的青山与天空洗过雨水的云朵。其实，整日匆忙的我们确实有必要时常回乡走走，忘却城市的喧嚣与嘈杂，感受另一种生活，感受乡村日新月异的发展和变化。最近一次回老家，着实让我有些惊呆。

农历六月的家乡天空依然让人感觉到一点儿凉意，这种凉爽是在城里无法体验到的。早晨一丝薄云笼罩着整个坝子，忽而云层被阳光推开一条缝隙，山野羞涩地撩开嫩嫩的绿装，刹那间露出夏季的妖娆，那五颜六色不同形状的花朵把大地装扮得格外诱人，田地里墨绿色的禾苗顶着晶莹剔透的水珠闪闪发光。小鸟们忍不住这种景致的诱惑，聚集在上空扇动着翅膀低飞轻抚；大山也从皱纹里挤出黑色的汁液，涌动流淌，蹿向田地、奔向沟壑；禾苗一阵激动，摇摇头抖落水珠，轻松地接纳万物的青睐。最值得一提的要数那望不尽的芦苇荡了，风一吹，像绿色的海洋在翻滚，贯穿村子从西到东的宽而平的水泥路，远望，似一条玉带，构成村子最亮丽的风景。

　　家乡的小山村名不见经传，是一个靠天吃饭的地方，是一个很少有人知道的地方。记得爷爷说过：小的时候，家乡的山遍野长着密密麻麻的马桑木、洋槐树，家乡人吃面要到烧香台河坝的水磨上去磨，而且来去都得用脊背背，只有条件稍好一些的才用骡马驮运，当地人的经济收入就是编苇席，只有靠编苇席换来的钱称盐灌醋……出入水坝只有一条泥路，天一下雨，交通就瘫痪了……

　　一系列惠及农民和改造自然的富国富民工程相继诞生，家乡的小山村笑了。三年来，在帮扶单位的帮助下，水坝村的变化非常大：完成167户危旧房改造，硬化全部村社道路和90户农户庭院，实施500亩中低产田改造，拓宽及沙化田间道路10公里，新修排水渠3公里、桥涵一座、集雨水窖50眼。这些数字，无不诠释着扶贫干部对基层群众的帮助和关爱。

　　走进水坝村，一条条水泥路纵横交错，太阳能路灯整齐地伫立在道路两旁；马路北边的芦苇丛边，崭新的房屋一字排开；成群的土鸡低着头在白杨树下悠闲地寻找食物，树上一些不知名的鸟儿飞来飞去，小松鼠活蹦乱跳，等人们走近它，忽一下就蹿远了；芦苇丛中，百鸟和鸣，呼朋引伴；树下的休闲凳子上坐着翻弄手机的村民，他们不时地聊着看到的新闻；稍远一点儿的石桌旁边，一帮老人在玩牛九，他们吧嗒吧嗒抽着旱烟……处处彰显着水坝人的和谐新生活。

　　今天的家乡呈现出勃勃生机，"郁闷"了几十年的村子，焕发出生命的希冀，天空中多了飞翔的鸟，衔来无数花草的绽放。太阳瞪着火红的眼睛，惊诧地发现自己给予大地的希望是那么灿烂绚丽，芦苇丛中，一个个石桌、石凳，让人瞬间感觉走进了江南水乡一般。

清晨，我早早从梦中醒来，走出屋子穿过一小片满是露珠的菜园子，走在紧临山坡的那条羊肠小道上。鸟声热闹地响起，伴着山脚下说不出是哪处传来的水流声，一同在耳畔欢快地吟唱。只到脚面的小花小草们也会调皮地在我光着的脚丫上轻轻碰触，痒痒的，却有些自在。身边稍高些的树木，要么是树叶遮挡住了阳光，只留下斑斑点点在小路上，要么是垂下的枝叶婀娜地摇曳，和我比着身姿的绰约……一点儿一点儿地走着，一点儿一点儿惬意地感受这时的清凉与清新。深深吸一口气，花草露珠所有的味道仿佛就都沁入心脾，我收藏了这风景中恬淡飘逸、质朴无华的气息，好让自己胸襟坦荡地行走于人世间的旅程中。

正午时分，淡淡的云，轻轻的风，天空粉蓝，我在苇丛中找一条休闲椅悠然坐下，一动不动看着眼前潺潺的水流映照着午后的阳光，波光粼粼。这时，心上会自然生出几根琴弦，和着盈盈碧水，若丝竹奏响起婉约清丽的仙乐，似仙境一样缥缈空悠。心旷神怡久了，才想起来抬眼看看，远处隐约传来一簇欢笑声。那是女人们并着一群天真的孩童在水中嬉戏，溅起点点的水花，在斜阳的折射下闪出五彩缤纷的颗颗亮珠，岸边的牛羊在懒洋洋地吃草。所有的画面就定格成这样一个温和而又美丽的水墨画。如此的水墨画在此处随处可见，你只要再往远处望去，就是"水是青罗带，山如碧玉簪"了。

顺着石子铺成的小路，我来到了水坝村休闲广场。广场设施一点儿都不逊色于城镇，这让劳作之余的老百姓也可以体验城镇市民的休闲娱乐生活。在广场边的村委会，看到贴在墙上的微信二维码，还有自动连接的无线 Wi-Fi 信号。扫了扫二维码，手机屏幕弹出了水坝村手工挂面、土鸡蛋、土猪肉、土蜂蜜、羊肚菌等土特产的介绍页面。现在，水坝村村民用手机上网已经成为一种潮流，大家通过网络就可以了解本村的党务、村务以及惠农政策、各种农民补贴，足不出村就可以购买日常用品，购买火车票，缴水费、电费、电话费。而且，谁家有土鸡蛋、土蜂蜜等农产品，都可以通过村里的八家网店卖出去，还能帮村民卖个好价钱……此时，我不禁想起当年父辈们蹲到地上织席的情景，他们辛苦几天，也就是几十元的收入。水坝村变化真的太大了，如果没有好政策，也许再过一二十年我们还是那样，住土坯房，晴天一身灰，雨天两脚泥；现在，水坝村群众的思想观念和生活方式也发生了改变。通过核桃管护技术培训和拉面、电焊等劳务技能培训，全村有八十六人成为核桃树嫁接技术员，二十多人获得了"技能合格证"。

　　真的，水坝村已失去了记忆中的模样，山村抖动斑斓的服饰，流下激动的泪水，小河涌着哗哗的流水尽情地歌唱，笑语如歌。

选自甘肃科学技术出版社《陇上百村纪事》

编后记

　　"美丽中国"是中国共产党第十八次全国代表大会提出的概念，强调把生态文明建设放在突出地位，融入经济建设、政治建设、文化建设、社会建设各方面和全过程。2012年11月8日，十八大报告中首次作为执政理念出现。2015年10月召开的十八届五中全会，"美丽中国"被纳入"十三五"规划，首次被纳入五年计划。2017年10月18日，习近平同志在十九大报告中指出，加快生态文明体制改革，建设美丽中国。2019年，习近平新时代中国特色社会主义思想对建设"美丽中国"做了重要论述。

　　建设美丽中国，作为全新的理念，展示了一幅山青水秀人美的如诗画卷，标志着我们党执政理念的重大提升，承载着一代又一代中国共产党人对未来发展的美好愿景，预示着生态文明的中国觉醒已经到来，奏响了新的时代乐章。

"美丽中国"丛书（6册）为甘肃科学技术出版社策划的主题出版物，是一套为广大读者诠释和宣传"美丽中国"理念的通俗读物。丛书以读者品牌为依托，围绕生态文明建设、绿水青山、扶贫攻坚、乡村振兴、匠人匠心等主题从《读者》及系列子刊等刊物、网站、图书、微信公众号发表的文章中，精选近300篇文章，汇编成册，整体反映"美丽中国"建设成就和风貌。丛书在策划、编辑出版过程中，得到了读者出版集团、读者出版传媒期刊出版中心等单位的指导和帮助，在此深表谢意！同时也得到了绝大多数作者的理解和支持，没有他们的授权和认可，就没有本丛书的出版面世，也就少了一个宣传和践行生态文明理念的平台，所以更应向他们致以最真诚的感谢！我们在编选过程中做了大量细致的工作，但即便如此，仍有部分作者未能联系到，对此深表歉意，敬请这些作者见到图书后尽快与我们联系。联系方式为：甘肃科学技术出版社（甘肃省兰州市城关区曹家巷1号甘肃新闻出版大厦，730030，联系人：马婧怡，0931—8152382）。

"美丽中国"的实质，就是引导人们在保护自然中发展经济，在经济发展中保护自然，真正实现经济社会发展与生态环境保护相统一、相协调。"美丽中国"丛书反映的就是山美、水美、人美，环境美、生活美、一切美。通过这些优秀文章和故事，凸显"美丽中国"的内在意义和精神主旨，整体展现"美丽中国"的全部内涵和丰富外延。习近平总书记说，人与自然是生命共同体，人类必须尊重自然、顺应自然、保护自然。还自然以宁静、和谐、美丽。这也是本丛书的策划初衷和最终的目标，也是出版人"不忘初心，牢记使命"的职责所在。

丛书从策划、编选至出版发行，历时两年，在 2021 年这个春光明媚的三月，终于如雨后春笋，瞬间碧绿修长升，为读者撑起一方心灵绿荫，这是春天带给我们最好的礼物。

编 者

2021 年 3 月